COLLECTION FOLIO

Marguerite Duras

L'amour

Gallimard

Marguerite Duras est née en Indochine où son père était professeur de mathématiques et sa mère institutrice. A part un bref séjour en France pendant son enfance, elle ne quitta Saigon qu'à l'âge de dix-huit ans.

° pane de le manque des chapitres.

° un homme (seulement + ses actions)

° un autre homme (habillé des vêtements sombres)

Un homme.

Il est debout, il regarde : la plage, la mer.

La mer est basse, calme, la saison est indéfinie, le temps, lent.

L'homme se trouve sur un chemin de planches posé sur le sable.

Il est habillé de vêtements sombres. Son visage est distinct.

Ses yeux sont clairs.

Il ne bouge pas. Il regarde.

La mer, la plage, il y a des flaques, des surfaces d'eau calme isolées.

Entre l'homme qui regarde et la mer, tout au bord de la mer, loin, quelqu'un marche. Un autre homme. Il est habillé de vêtements sombres. A cette distance son visage est indistinct. Il marche, il va, il vient, il va, il revient, son parcours est assez long, toujours égal.

Quelque part sur la plage, à droite de celui qui regarde, un mouvement lumineux : une flaque se vide, une source, un fleuve, des fleuves, sans répit, alimentent le gouffre de sel.

A gauche, une femme aux yeux fermés. Assise.

L'homme qui marche ne regarde pas, rien, rien d'autre que le sable devant lui. Sa marche est incessante, régulière, lointaine.

Le triangle se ferme avec la femme aux yeux fermés. Elle est assise contre un mur qui délimite la plage vers sa fin, la ville.

L'homme qui regarde se trouve entre cette femme et l'homme qui marche au bord de la mer.

Du fait de l'homme qui marche, constamment, avec une lenteur égale, le triangle se déforme, se reforme, sans se briser jamais.

Cet homme a le pas régulier d'un prisonnier.

Le jour baisse.
La mer, le ciel, occupent l'espace. Au loin,

la mer est déjà oxydée par la lumière obscure, de même que le ciel.

Trois, ils sont trois dans la lumière obscure, le réseau de lenteur.

L'homme marche toujours, il va, il vient, devant la mer, le ciel, mais l'homme qui regardait a bougé.

Le glissement régulier du triangle sur lui-même prend fin :

Il bouge.

Il se met à marcher.

Quelqu'un marche, près.

L'homme qui regardait passe entre la femme aux yeux fermés et l'autre au loin, celui qui va, qui vient, prisonnier. On entend le martèlement de son pas sur la piste de planches qui longe la mer. Ce pas-ci est irrégulier, incertain.

Le triangle se défait, se résorbe. Il vient de se défaire : en effet, l'homme passe, on le voit, on l'entend.

On entend : le pas s'espace. L'homme doit

regarder la femme aux yeux fermés posée sur son chemin.

Oui. Le pas s'arrête. Il la regarde.

L'homme qui marche le long de la mer, et seulement lui, conserve son mouvement initial. Il marche toujours de son pas infini de prisonnier.

La femme est regardée.

Elle se tient les jambes allongées. Elle est dans la lumière obscure, encastrée dans le mur. Yeux fermés.

Ne ressent pas être vue. Ne sait pas être regardée.

Se tient face à la mer. Visage blanc. Mains à moitié enfouies dans le sable, immobiles comme le corps. Force arrêtée, déplacée vers l'absence. Arrêtée dans son mouvement de fuite. L'ignorant, s'ignorant.

Le pas reprend.

Irrégulier, incertain, il reprend.

Il s'arrête encore.

Il reprend encore.

L'homme qui regardait est passé. Son pas s'entend de moins en moins. On le voit, il va vers une digue qui est aussi éloignée de la femme que l'est d'elle le marcheur de la plage. Au-delà de la digue, une autre ville, bien au-delà, inaccessible, une autre ville, bleue, qui commence à se piquer de lumières électriques. Puis d'autres villes, d'autres encore : la même.

Il a atteint la digue. Il ne l'a pas dépassée.

Il s'arrête. Puis, à son tour, il s'assied.

Il s'est assis sur le sable face à la mer. Il cesse de regarder quoi que ce soit, la plage, la mer, l'homme qui marche, la femme aux yeux fermés.

Pendant un instant personne ne regarde, personne n'est vu :

Ni le prisonnier fou qui marche toujours le long de la mer, ni la femme aux yeux fermés, ni l'homme assis.

Pendant un instant personne n'entend, personne n'écoute.

Et puis il y a un cri :

l'homme qui regardait ferme les yeux à son tour sous le coup d'une tentative qui l'emporte, le soulève, soulève son visage vers le ciel, son visage se révulse et il crie.

lenteur régal

Un cri. On a crié vers la digue.

Le cri a été proféré et on l'a entendu dans l'espace tout entier, occupé ou vide. Il a lacéré la lumière obscure, la lenteur. Toujours bat le pas de l'homme qui marche, il ne s'est pas arrêté, il n'a pas ralenti,

mais elle, elle a relevé légèrement son bras dans un geste d'enfant, elle s'en est recouvert les yeux, elle est restée ainsi quelques secondes,

et lui, le prisonnier, ce geste, il l'a vu : il a tourné la tête dans la direction de la femme.

Le bras est retombé.

L'histoire. Elle commence. Elle a commencé avant la marche au bord de la mer, le cri, le geste, le mouvement de la mer, le mouvement de la lumière.

Mais elle devient maintenant visible. C'est sur le sable que déjà elle s'implante, sur la mer.

L'homme qui regardait revient.

De nouveau on entend son pas, on le voit, il revient de la direction de la digue. Son pas est lent. Son regard est égaré.

A mesure qu'il s'approche du chemin de planches, monte le bruit, des cris, des cris de faim. Ce sont les mouettes de la mer. Elles sont là, elles étaient là, tout autour de l'homme qui marche.

Voici, on réentend le pas de l'homme qui regardait.

Il passe devant la femme. Il arrive dans le champ de sa présence. Il s'arrête. Il la regarde.

Nous nommerons cet homme le voyageur – si par aventure la chose est nécessaire – à cause de la lenteur de son pas, l'égarement de son regard.

Elle ouvre les yeux. Elle le voit, elle le regarde.

Il se rapproche d'elle. Il s'arrête, il l'a atteinte.

Il demande :

> – Qu'est-ce que vous faites là, il va faire nuit.

Elle répond, très clairement :

> – Je regarde.

Elle montre devant elle, la mer, la plage, la ville bleue, la blanche capitale derrière la plage, la totalité.

Il se retourne : l'homme qui marche le long de la mer a disparu.

Il fait encore un pas, il s'appuie au mur.

Il est là, à ses côtés.

La lumière change d'intensité, elle change.

Elle blanchit, elle se change, change. Il dit :

— La lumière change.

Elle se tourne vers lui, à peine, elle parle. Sa voix est claire, d'une douceur égale qui effraierait.

— Vous avez entendu on a crié.

Son ton ne demande pas de réponse. Il répond.

— J'ai entendu.

Elle se retourne vers la mer.

— Vous êtes arrivé ce matin.
— C'est ça.

Le dessin des mots est très clair. Elle montre autour d'elle, l'espace, elle explique :

> — Ici, c'est S. Thala jusqu'à
> la rivière.

Elle se tait.

La lumière change encore.

Il lève la tête, regarde ce qu'elle vient de montrer : il voit que du fond de S. Thala, vers le sud, l'homme qui marche revient, il avance au milieu des mouettes, il arrive.

La progression de sa marche est régulière.

Comme le changement de la lumière.

Accident.

Encore la lumière : c'est la lumière. Elle change, puis elle ne change plus tout à coup. Elle grandit, illumine, puis elle reste ainsi, illuminante, égale. Le voyageur dit :

> — La lumière

Elle regarde.

L'homme qui marche a atteint le point de son parcours où tout à l'heure il s'arrêtait. Il s'arrête. Il se retourne, il voit, il regarde lui aussi, il attend, il regarde encore, il repart, il vient.

Il vient.

On n'entend rien de son pas.

Il arrive. Il s'arrête face à celui qui se tient contre le mur, le voyageur. Ses yeux sont bleus, d'une transparence frappante. L'absence de son regard est absolue. Il parle d'une voix forte, il montre autour de lui, tout. Il dit :

— Qu'est-ce qui se passe?

Il ajoute :

— La lumière s'est arrêtée.

Le ton exprime un violent espoir.
Lumière arrêtée, illuminante.
Ils regardent tout autour d'eux la lumière arrêtée, illuminante. Le voyageur parle le premier :

— Ça va reprendre son cours.
— Vous croyez.
— Je le crois.

Elle se tait.
Il s'approche du voyageur appuyé au mur. Le regard bleu est d'une fixité engloutissante. Il montre de la main, il montre ce qu'il y a derrière le mur.

— Vous habitez l'hôtel, là?
— Oui, c'est ça — il ajoute — je suis arrivé ce matin.

Elle se tait, elle regarde toujours la lumière

arrêtée. Il quitte des yeux le voyageur, il découvre à nouveau l'arrêt de la lumière.

> – Quelque chose va arriver,
> ce n'est pas possible.

Silence : avec la lumière le bruit s'est arrêté aussi, celui de la mer.

Le regard bleu revient, il se pose avec insistance sur le voyageur :

> – Ce n'est pas la première
> fois que vous venez à S. Thala.

Le voyageur cherche à répondre, plusieurs fois il ouvre la bouche pour répondre.

> – C'est-à-dire... – il s'ar-
> rête –

Sa voix est sans écho. L'immobilité de l'air égale celle de la lumière.

Il cherche toujours à répondre.

Ils n'attendent pas de réponse.

Dans l'impossibilité de répondre, le voyageur lève la main et montre autour de lui, l'espace. Le geste fait, il parvient à avancer dans la réponse.

> – C'est-à-dire... – il s'arrête –
> je me souviens... c'est ça... je
> me souviens...

Il s'arrête.

La voix au timbre lumineux se hisse jusqu'à lui, elle lui porte la réponse, sa clarté est éblouissante.

— De quoi?

Une poussée incontrôlable, organique, d'une force très grande le prive de voix. Il répond sans voix :

— De tout, de l'ensemble.

Il a répondu :

le mouvement de la lumière reprend, le bruit de la mer recommence, le regard bleu de l'homme qui marche se retire.

L'homme qui marche montre autour de lui la totalité, la mer, la plage, la ville bleue, la blanche capitale, il dit :

— Ici, c'est S. Thala jusqu'à la rivière.

Son mouvement s'arrête. Puis son mouvement reprend, il montre de nouveau, mais plus précisément, semble-t-il, la totalité, la mer, la plage, la ville bleue, la blanche, puis d'autres aussi, d'autres encore : la même, il ajoute :

— Après la rivière c'est encore S. Thala

Il s'en va.

Elle se lève, elle le suit. Ses premiers pas
sont titubants, très lents. Puis ils s'égalisent.

Elle marche. Elle le suit.

Ils s'éloignent.

Ils contournent S. Thala, semble-t-il, ils ne
pénètrent pas dans l'épaisseur.

Il fait nuit.

Nuit.

La plage, la mer sont dans la nuit.

Un chien passe, il va vers la digue

Personne ne marche sur le chemin de
planches mais sur des bancs qui sont le long
de ce chemin des habitants sont assis. Ils se
reposent. Ils sont silencieux. Ils sont séparés
les uns des autres. Ils ne se parlent pas.

Le voyageur passe. Il marche lentement, il
va dans la direction qu'a prise le chien.

Il s'arrête. Il revient. On dirait qu'il se
promène. Il repart.

On ne voit plus son visage.

La mer est plate. Il n'y a pas de vent.

Le voyageur repasse. Le chien ne repasse jamais. La mer commence à monter dirait-on. On l'entend qui s'approche. Un choc sourd arrive des embouchures. Le ciel est très sombre.

Nuit toujours.

Le voyageur est assis face à une fenêtre ouverte dans une chambre. Il se trouve pris dans un volume de lumière électrique. On ne voit pas ce qu'il y a au-delà de la fenêtre de ce côté-là de l'hôtel.

Nuit dehors.

Ce n'est pas la mer qu'on entend. La chambre ne donne pas sur la mer. C'est un rongement incessant, très sourd, d'une étendue illimitée.

L'homme prend un papier, il écrit : S. Thala S. Thala S. Thala.

Il s'arrête. Il hésite, dirait-on, entre les mots écrits.

Il recommence. Lentement, avec certitude, il écrit : S. Thala, 14 septembre.

Il souligne le premier mot. Puis il écrit encore :

« Ne venez plus ce n'est plus la peine. »

Il éloigne la lettre de lui, il se lève.

Il fait quelques pas dans la chambre.

Il s'allonge sur son lit.

C'est le voyageur, l'homme de l'hôtel.

Il est allongé sur son lit dans le même volume de lumière électrique, il se tourne du côté du mur, on ne voit plus son visage.

Au loin, dans l'épaisseur du rongement, dans la matière noire, des sirènes de voitures de police traversent.

Puis on n'entend plus rien que le rongement dans la matière noire.

Jour.

L'homme marche de nouveau au bord de la mer.

Elle est là de nouveau, contre le mur.

La lumière est intense. Elle est sans mouvement aucun, ses lèvres sont serrées. Elle est pâle.

Il y a sur la plage une certaine vie.

A l'approche du voyageur, elle ne fait aucun signe.

Il va vers le mur, il s'assied à côté d'elle. Il regarde ce qu'elle veut, semble-t-il, éviter de voir : la mer, le mouvement nauséeux de la houle, les mouettes de la mer qui crient et dévorent le corps du sable, le sang. Elle dit lentement :

> — J'attends un enfant, j'ai envie de vomir.
> — Ne regardez pas, regardez vers moi.

Elle se tourne vers lui.
Là-bas, l'homme s'arrête au milieu des mouettes. Puis repart, va vers la digue. Elle demande :

> — Il y a longtemps que vous étiez là.
> — Oui.

Elle se tient, le visage vers le sable. Lui regarde vers la digue celui qui s'éloigne.

> — Qui c'est?

Elle répond avec un léger retard :

> — Il nous garde — elle reprend — il nous garde, il nous ramène.

Il le regarde longtemps.

> — Ce parcours toujours

égal... Ce pas si régulier... on
dirait...

Elle fait signe : non.

>   – Non, c'est le pas d'ici –
>   elle reprend – c'est le pas ici, à
>   S. Thala.

Ils attendent.
Sur la mer, toujours, la houle, la fièvre.

>   – Vous avez essayé de vo-
>   mir?
>   – Ça ne sert à rien, ça recom-
>   mence

Attendent, encore.
La lumière commence à baisser.
Les premières mouettes quittent la plage,
elles partent vers la digue.
Le marcheur ne revient pas sur ses pas : il
remonte vers S. Thala, il n'y pénètre pas, il
repart derrière la digue. On ne le voit plus.
Le voyageur dit :

>   – Nous sommes seuls?

Elle fait signe :

>   – Non.

Attendent.

Des mouettes continuent à partir dans des éclatements blancs.

Elles partent.

Leur départ se précipite.

Le voyageur dit :

> — Vous pouvez recommencer à regarder.

Elle recommence à le faire, mais avec prudence, précaution : le mouvement de la mer commence à se voir, la houle affleure et se résout en éclatements blancs. Il dit :

> — La couleur disparaît.

La couleur disparaît.

Puis, à son tour, le mouvement.

Les dernières mouettes de la mer sont parties. Le sable, de nouveau, recouvre la plage. Il dit :

> — Il n'y a plus rien.

Il l'entend, elle respire, elle remue, elle regarde, longtemps elle inspecte l'obscurité qui vient, les sables. Puis de nouveau, elle s'immobilise.

Elle entend, elle écoute, elle dit :

— Il y a du bruit.

Il écoute. Il finit par entendre quelque chose : il croit réentendre la coulée, la descente continue des eaux vers le gouffre de sel. Il dit :

> — C'est l'eau.
> — Non — elle s'arrête — ça vient de S. Thala.
> — C'est quoi?
> — S. Thala, le bruit de S. Thala.

Il écoute encore longtemps. Il reconnaît le rongement incessant. Il demande :

> — Ils mangent.

Elle ne sait pas précisément. Elle dit :

> — Ou ils rentrent — elle ajoute — ou ils dorment, ou rien.

Ils se taisent, ils attendent en se taisant que décroisse le bruit de S. Thala.

Le bruit paraît décroître. De nouveau elle respire.

Elle bouge.

Elle le regarde lui, le voyageur, elle scrute les vêtements, le visage, les mains. Elle tou-

che la main, l'effleure avec précaution, douceur, puis elle l'appelle, elle désigne la digue,
elle dit :

> — Le cri arrivait de là.

De la direction qu'elle vient de montrer, il
surgit.

Il est loin encore.

De la digue, il revient, celui qui marche.
Le voilà.

Derrière lui, la mer monte, la masse de
l'enchaînement continu commence à s'éclairer
des lumières électriques. Au-dessus de la masse,
les fumées des pétroles, très sombres.

Il arrive, il marche le long de la mer, sans
regarder. Elle le montre au voyageur :

> — Il revient.

Il regarde :

> — Il revient d'où ?

Elle cherche dans la direction qui vient
d'être dépassée par celui qui marche, elle est
nette, elle dit :

> — Quelquefois il dépasse
> S. Thala mais il suffit de le
> savoir — elle ajoute — d'attendre.

Là-bas il continue à venir, il remonte la plage, il oblique dans leur direction. Le voyageur dit :

> — On ne peut pas dépasser S. Thala, on ne peut pas y entrer.
> — Non, mais lui — elle attend — lui quelquefois, il se perd.

Il vient. Ils l'attendent.

Il arrive. Il est là. Il les regarde. Il s'assied, il se tait, son regard bleu inspecte à son tour l'espace, puis il parle, il les informe très précisément :

> — On s'était trompé — il reprend — le cri arrivait de plus loin.

Ils attendent : il n'ajoute rien.

> — D'où?
> — De partout — il s'arrête — ils étaient nombreux : des millions — il s'arrête encore — tout est dévasté.

Il la voit. Il la désigne.

> — Elle a essayé de vomir?

Le voyageur lui répond.

> — Ça ne sert à rien, ça recommence.
> — C'est vrai.

Elle est la première à se lever. Elle se lève.
Elle se tient debout. Elle s'appuie au mur.
Du temps passe, puis ils se lèvent aussi.
Ils sont debout.
Le voyageur désigne la mer devant eux, la
mer, puis derrière, l'épaisseur :

> — Qu'est-ce que vous faites,
> vous marchez au bord de la
> mer? Au bord de S. Thala?
> — Oui
> — Rien d'autre?
> — Non.

Le regard bleu se tourne vers la mer,
revient. Il est limpide, d'une intensité fixe. Le
voyageur reprend :

> — Pourtant... ce mouvement
> si clair, si régulier... ce parcours
> si précis...
> — Non. Non... — il s'arrête —
> non... — il s'arrête encore — je
> suis fou.

Ils se regardent, ils regardent, ils attendent. Du vent vient, passe sur S. Thala. Le regard bleu surveille le ciel, la mer, tout mouvement, dans une attention équivalente.

Le premier à s'éloigner, à sortir de l'immobilité, c'est lui, l'homme qui marche. Son pas à lui est régulier dès qu'il se met à marcher.

Elle le suit. Ses pas à elle sont d'abord titubants, très lents. Puis ils s'égalisent. Elle marche comme il le lui montre. Elle se met à le suivre, mais avec retard.

Alors, il s'arrête pour lui permettre de le rattraper. Elle le rattrape.

Alors il reprend sa marche en avant, vers la rivière. Elle le rattrape encore. Il continue encore. Ainsi chaque jour doivent-ils couvrir la distance, l'espace des sables de S. Thala.

Ils disparaissent, ils tournent du côté de la rivière. Ils contournent, ils évitent, ils ne pénètrent pas dans l'épaisseur de pierre.

Trois jours.

Trois jours au cours desquels il y a un dimanche. Le bruit croît, S. Thala chancelle, puis le bruit décroît.

Il fait un orage qui démonte la mer.

Trois nuits.

Au matin, des mouettes sont mortes sur la plage. Du côté de la digue, un chien. Le chien mort est face aux piliers d'un casino bombardé. Au-dessus, le ciel est très sombre, au-dessus du chien mort. C'est après l'orage, la mer est mauvaise.

L'endroit du mur reste vide, le vent bat.

La mer emporte le chien mort, les mouettes.

Le ciel se calme. L'enchaînement continu émerge des pétroles. Puis la mer. Le soleil.

Soleil. Soir.

C'est avec le soir qu'elle reparaît. Elle arrive sur le chemin de planches. Derrière elle, celui qui marche.

Les voici revenus. Ils arrivent de la rivière, ils traversent, ils longent S. Thala, ils le couvrent. Ils sortent des trois jours d'obscurité, de nouveau on les voit dans la lumière solaire d'un S. Thala désert.

Le voyageur sort de l'hôtel qui se trouve derrière le mur, il les voit, il va vers eux.

Derrière elle, il s'arrête dès que le voyageur sort de l'hôtel. Elle, avance. Elle n'a pas encore vu que le voyageur venait à sa rencontre. Elle avance mue par la volonté de celui qui est arrêté derrière elle.

Ils se sont atteints. Elle voit le voyageur, elle le reconnaît mal.

Elle le reconnaît.

Derrière elle, l'autre fait volte-face, il repart. Il est reparti vers la rivière.

Elle dit :

– Ah vous êtes venu.

L'orage a creusé ses traits.

Ils partent d'abord vers la digue, puis vers la rivière, ils s'arrêtent, repartent, ils vont vers une forte lumière qui se trouve sur le chemin de planches, au bord de la mer, au bord des sables, avant l'épaisseur, l'enchaînement de pierre.

Ils regardent la lumière longtemps.

Puis ils entrent.

Elle a faim.

Elle mange, elle regarde, elle entend. Il y a à voir, à entendre, des flots de paroles, des paroles, des rires. Lui regarde avec elle mais de façon différente, parfois il se tourne et la regarde elle. Elle dit :

— J'ai faim, j'attends un enfant.

Quand elle le dit son regard grandit et
s'éteint tout aussitôt — elle répète —

— Un enfant.
— Toujours?
— Oui.
— De qui?

Elle ne sait pas.

— Je ne sais pas.

Elle a l'odeur du sable, du sel. L'orage a
noirci ses yeux.

Le bruit du café grandit. Quand le bruit
grandit trop ses yeux s'ouvrent douloureu-
sement. Sa distraction est continue. Elle
demande :

— Vous venez tous les jours à
S. Thala.
— Oui.
— C'est loin — elle ajoute —
c'est une longue distance, n'est-
ce pas?
— Oui.

Il cherche à voir au-delà de l'endroit enfermé, au-delà des vitres.

Elle, elle est à regarder ici, l'endroit enfermé.

Au-delà des vitres, du chemin de planches, de la plage, quelqu'un passe, une ombre marche d'un pas égal, elle se dirige activement vers la masse noire de la digue. Le voyageur la suit des yeux longtemps, jusqu'à sa disparition derrière la masse noire. Il dit :

> — Il vient de passer là-bas, il marchait vite, il ne regardait rien.

Elle dit clairement :

> — Il cherche — elle ajoute — il faut le laisser.

Elle voit qu'il est à côté d'elle — c'est le voyageur, l'homme de l'hôtel. Elle lève la main, touche le visage qu'elle regarde, la main reste posée tandis qu'elle regarde, elle est tiède, elle touche la peau avec douceur tandis que la voix éclate sans écho aucun.

> — Vous êtes revenu à S. Thala pourquoi?

Ils se regardent.

> — Il s'agit d'un voyage — il
> s'arrête.

Ils se regardent encore, puis le visage se détourne, la main retombe.
Ils restent là, sans parler.
Longtemps.
Le bruit décroît.
L'endroit se vide.
Ils regardent, ils écoutent devant eux.
Longtemps.
Le bruit ici décroît encore. Elle est comme attentive à un terme dont la menace semble grandir à mesure que décroît le bruit. Elle dit :

> — Ils s'en vont.
> — Qui c'est?

Elle montre dedans les vitres, derrière, partout, l'enchaînement de chair. Son geste est ouvert, d'une tendresse désespérée :

> — Mes populations de
> S. Thala.

Le bruit, ici, a cessé. Le rongement incessant, là-bas, recommence. Il grandit.
Il se transforme.

Il devient un chant. C'est un chant lointain.

Les populations de S. Thala chantent.

Elle regarde autour d'elle, devant elle :

> — Ils sont partis — elle écoute
> — vous les entendez?

Leurs regards partent, traversent les vitres, ils les écoutent chanter. Ils écoutent le chant lointain. Elle lève la main :

> — Vous entendez? — elle s'arrête — c'est cette musique-là.

C'est une marche lente aux solennels accents. Une danse lente, de bals morts, de fêtes sanglantes.

Elle ne bouge pas. Elle écoute l'hymne lointain. Elle dit :

> — Il faut que je dorme ou je vais mourir.

Elle montre la direction où elle dort.

> — Il faut traverser la rivière — elle s'arrête.

Elle écoute.

Il prend peur : elle ne bouge pas, elle ne

respire plus, elle écoute cette musique-là. Il demande :

— Qui êtes-vous?

La musique continue encore. Elle répond :

— La police a un numéro.

La musique continue encore. Elle le regarde.

— Vous pleurez pourquoi?
— Je pleure?

La porte s'ouvre dans un fracas du vent.
L'homme qui marche.
Le voici.
Il entre dans l'espace clos, seul, la porte se referme. Tout à coup, avec lui, l'iode de la mer, le sel, la fulgurance bleue des yeux du plein jour, de nuit pleine.
Il se dresse, il écoute la danse lointaine, il dit :

— Vous vous souvenez? La musique de S. Thala.

Il reste dressé. Il écoute. Un sourire pur balaie son visage. Il écoute profondément

avec une gravité insensée, la musique lointaine.

Elle montre le voyageur, elle dit :

> — Il pleure.

Les yeux bleus à leur tour se remplissent
de larmes. Le sourire reste fixe. Il explique :

> — La musique de S. Thala
> fait pleurer.

La musique cesse.
Il essaye de l'écouter encore. Il renonce.
Le rongement reprend, le silence.
Elle dit, en montrant le voyageur :

> — Il avait peur.
> — De quoi?
> — De ne pas vous revoir.
> — C'est vrai que...

Les yeux bleus se fixent, revoient.
Revoient le danger, la perdition.

> — C'est vrai que je me suis
> perdu là-bas, j'ai dépassé la dis-
> tance — il ajoute — l'heure.

Il indique du geste la direction solitaire de

derrière la masse noire de la digue. Sa main tremble.

> — Je ne savais plus revenir.

Il n'indique plus rien. Il oublie, il la voit elle, il oublie. Il dit au voyageur :

>> — Elle vous a expliqué? Il faut qu'elle dorme.

Il s'adresse au voyageur :

>> — Il faut traverser la rivière, c'est après la gare, entre les deux bras.
>> — Quoi?
>> — La prison de S. Thala, son gouvernement.

Ils se lèvent. Ils sortent.

Nuit.
Dans la lumière électrique le voyageur écrit.

Le voyageur éloigne la lettre de lui, reste là.

Devant lui, la route vide, derrière la route, des villas éteintes, des parcs. Derrière les parcs, l'épaisseur, insaisissable, S. Thala dressée.

Il reprend la lettre. Il écrit.

« S. Thala, 14 septembre. »

« Ne venez plus, ne venez pas, dites aux enfants n'importe quoi. »

La main s'arrête, reprend :

« Si vous n'arrivez pas à leur expliquer, laissez-les inventer. »

Il pose la plume, la reprend encore :

« Ne regrettez rien, rien, faites taire toute douleur, ne comprenez rien, dites-vous que vous serez alors au plus près de » – la main se lève, reprend, écrit : « l'intelligence ».

Le voyageur éloigne la lettre de lui.

Il sort de sa chambre.

La chambre reste éclairée sans présence aucune.

Nuit. S. Thala désert

Il marche. C'est le voyageur, l'homme de l'hôtel.

Il traverse la rivière, il passe le long de la gare.

La mer monte entre les berges de vase. Le ciel remue beaucoup, il est très bas, très

sombre, noir par endroits. La gare est fermée.

Il tourne. C'est là. La rivière se sépare.
C'est là, entre les deux bras de la rivière.

C'est un grand bâtiment de pierre, de
forme simple. Le perron donne sur un terrain
que bordent les bras de la rivière.

Elle est là, elle dort sur la marche la plus
haute du perron, adossée au mur du bâtiment, dans la pose de la plage.

Lui est là aussi. Il est debout à la pointe
extrême du terrain, face aux embouchures, à
la trouée de la mer.

Il parle.

Le voyageur avance dans le terrain de l'île.
Il y a des traces de l'orage, des branches
cassées. Il passe devant elle, il s'approche, il
voit qu'elle dort profondément. Sa respiration est régulière, aisée.

Le voyageur continue vers la pointe de l'île
qui est à une vingtaine de mètres de celle qui
dort.

Mais il ne l'atteint pas.

Il s'assied sur un banc, à mi-distance entre
elle qui dort et celui qui parle à la pointe de
l'île.

Des rives extérieures de la rivière, de
toutes parts, des bateaux prennent la direc-

tion de la mer. On les voit, ils passent l'embouchure en une longue chaîne.

Tout à coup, une plainte.

Tout à coup, entre le bruit des moteurs et le bruit de la mer, s'insère une plainte d'enfant. Il semblerait qu'elle parte de l'endroit où elle dort.

Pendant un instant la voix continue, cette voix sans suite, elle circule dans l'île, se mêle à la plainte, s'insère entre le bruit des moteurs et le fracas de la mer.

Puis elle cesse.

Il a dû entendre la plainte.

Il quitte la pointe de l'île. Il vient. Il voit l'autre, le voyageur, il s'arrête près du banc.

— Ah, vous êtes venu.

Il repart, il va vers le perron. Il se penche sur elle, il écoute, il se relève, il revient, pressé, toujours. Il repasse devant le banc, il s'arrête, il annonce :

— Elle dort bien.

La plainte, toujours.

— Cette plainte, c'est elle?
— Oui — elle s'impatiente

vous comprenez, mais elle dort
– il s'arrête – ça c'est de la
colère seulement, ce n'est rien.
– Contre quoi?

Il montre autour de lui le mouvement
général.

– Dieu – il reprend – contre
Dieu en général, ce n'est rien.

Il s'éloigne activement, il rejoint la pointe
de l'île.

Le bruit augmente. Et la plainte. Et le
désordre des embouchures.

Le voyageur le rejoint à la pointe de
l'île.

Il le voit bien dans la clarté de la mer : il
regarde comme au premier jour.

Les bruits des moteurs se multiplient
encore, le mouvement des bateaux se multi-
plie encore, l'engouffrement de la mer continue.

Il parle, il dit :

– Quel désordre – il ajoute –
il faut attendre encore une
heure, il n'y aura plus de
départs et à mon avis la mer
aura cessé de monter – il ajoute

— car quand même le temps passe.

Il montre l'embouchure tourbillonnante :

— Regardez, regardez. Ici, regardez.

Il montre la rivière envahie, les déchirures de l'eau, le mélange des forces d'eau, la remontée brutale du sel vers le sommeil.
La plainte appelle. La plainte crie.
Le voyageur dit :

— J'ai du mal à rentrer à l'hôtel, j'ai du mal à m'éloigner d'elle...

Il répond, face au désordre :

— Je comprends... — il montre devant lui — je comprends... moi-même je ne peux pas... regardez...

Il montre autour de lui la totalité.
La plainte appelle encore.
Celui qui regarde la mer ne l'entend plus semble-t-il.
Le voyageur quitte la pointe de l'île, il revient vers celle qui dort. Il s'assied près de

son corps abandonné, il la regarde. Ses lèvres sont entrouvertes. La plainte d'animal rêvant se fait plus douce. La tête est parfaitement endormie. Il se penche, pose sa tête sur sa poitrine, entend la plainte de l'enfant et les coups du cœur conjugués, la plainte de l'enfant, la colère du cœur.

Il se relève. Il lutte contre le vertige.

Il marche, il s'arrête, il repart. Il traverse de nouveau le terrain de l'île, il va une nouvelle fois vers celui qui regarde le mouvement des eaux.

La mer monte toujours. La rivière se remplit. Les berges sont noyées. La mer est de plus en plus près du terrain de l'île.

Il fait signe au voyageur d'approcher, de voir.

Il dit, il montre :

— Regardez, regardez là-bas.

Une brume arrive, très ténue, des embouchures. Elle danse devant les yeux, elle tombe, la mer la déchiquette, mais d'autres rangs de brume arrivent, dansants. Il dit :

— Voyez — il sourit.

Toujours la plainte coléreuse de l'enfant.

On distingue déjà moins le mouvement des

eaux. L'engouffrement du sel perd de sa force.

Le voyageur désigne le perron. Il demande :

> – Dites-moi quelque chose de l'histoire.

Il ne se retourne pas, ne voit rien que devant lui, il répond :

> – A mon avis, l'île est sortie en premier – il montre la mer – de là. S. Thala est arrivée après, avec la poussière – il ajoute – vous savez? le temps...

Le silence commence par un espacement des départs de bateaux. Il dit :

> – Le silence commence par un espacement des temps.

La plainte vient de s'espacer.

> – Regardez.

Une vallée d'eau commence à se bâtir entre les berges de vase. Aux embouchures, une différence commence à se voir : la mer s'ourle de blanc, le sel se sépare, ne pénètre plus. Les pentes d'eau sont comblées.

La colère, la plainte vient de cesser.

Un dernier flot de paroles sort de lui. Ses yeux brillent et se ferment, face à la paix des eaux.

> — Objet du désir absolu, dit-il, sommeil de nuit, vers cette heure-ci en général où qu'elle soit, ouverte à tous les vents — il s'arrête, il reprend — objet de désir, elle est à qui veut d'elle, elle le porte et l'embarque, objet de l'absolu désir.

Ses yeux s'ouvrent. Il se tourne vers cet autre homme, le voyageur, puis vers elle qui dort, puis son regard traverse S. Thala, se perd.

Ils vont autour du corps endormi.

Ils s'approchent, le regardent. Le ciel devient parfaitement clair.

Ils sont assis près du corps endormi. Les lèvres se sont refermées. La respiration, patiemment, se fraie une voie dans la respiration de l'ensemble.

Il la regarde comme un instant avant il regardait la mer, avec une passion insensée. Le voyageur demande :

– Quand l'histoire a-t-elle commencé?

Il se retourne vers lui, le fixe de son regard absent, il est tout à coup submergé par la certitude :

– A mon avis avec la lumière, l'éclatement de la lumière.

Il continue à le regarder, le reconnaît, dans la transparence de ses yeux tout se noie, tout s'égalise, il dit :

– Vous êtes venu à S. Thala pour elle, vous êtes venu à S. Thala pour ça.

Il la désigne. Elle les regarde : elle dort les yeux ouverts.
Le voyageur quitte l'île. Il l'accompagne.
Ils marchent.
Ils marchent, ils longent la gare. Il montre au voyageur l'épaisseur, la masse de S. Thala.

– Ses enfants sont là-dedans, ce truc, elle les fait, elle leur donne – il ajoute – la ville en est pleine, la terre.

Il s'arrête, il montre au loin, du côté de la mer, de la digue :

> — Elle les fait là, du côté du cri, elle les laisse, ils viennent, ils les emportent.

Il fixe la direction de la digue, il continue :

> — C'est un pays de sables.

Le voyageur répète :

> — De sables.
> — De vent.

Il se retourne vers le voyageur.
Ils se regardent :

> — Vous vous souvenez un peu...? le jour du cri... vous vous souvenez?
> — Peu. Très peu.

Il montre de nouveau au voyageur l'enchaînement continu :

> — Elle a habité partout, ici ou ailleurs. Un hôpital, un hôtel, des champs, des parcs, des routes — il s'arrête — un

casino municipal, vous le sa- viez? Maintenant elle est là.

Il désigne l'île. Le voyageur demande :

— Prison dehors les murs.
— C'est ça.
— Dans les murs c'est le crime?

Il répond dans la distraction :

— Le crime et caetera.

Ils marchent encore. Le voyageur pro- nonce certains mots.

— Dehors, internement vo- lontaire.

Il n'entend pas, il regarde vers la mer, au fond de l'espace, un éclairement du ciel, il dit :

— Lune, regardez, lune des fous.

Ils marchent encore, lentement. Le voya- geur demande :

— Elle a oublié?
— Rien.
— Perdu?

— Brûlé. Mais c'est là, ré-
pandu.

Il montre avec négligence l'enchaînement
continu, la matière noire.

Il s'arrête, regarde de nouveau la mer,
longuement, puis il s'en retourne dans l'île,
auprès d'elle.

Nuit.

Le voyageur passe le long de la mer.

Il longe l'hôtel derrière le mur, le
dépasse.

Il marche sur une route, il se dirige vers
une maison sur une hauteur.

Il s'arrête devant la maison. Tout autour
de la maison, la masse, le vertige de
S. Thala.

La maison est un rectangle gris aux volets
blancs. Elle domine la plage, la masse de la
digue, la ville empoisonnée. Le jardin est en
friche, l'herbe est très haute et déborde les
murs.

La grille entrouverte invite, fait peur.

Le voyageur repart.

Il marche de nouveau sur la route, il

descend vers la plage. Il ne va pas vers la digue, il va vers le mur.

Le voyageur entre dans le hall de l'hôtel qui est derrière le mur. L'endroit est peu éclairé. Deux rangées de fauteuils sont là, face à la mer. Une porte donne sur un balcon, la porte est ouverte. Des plantes noires remuent dans le vent qui entre par la porte. Des glaces parallèles occupent les murs. Elles reflètent les piliers du centre du hall, leurs ombres massives multipliées, les plantes vertes, les murs blancs, les piliers, les plantes, les piliers, les murs, les piliers, les murs, les murs, et puis lui, le voyageur, qui vient de passer.

Jour.

Elle est dans la cour de l'hôtel quand le voyageur sort. Elle porte les vêtements qu'elle avait dans la nuit. Elle l'attend, les yeux sur la façade blanche. Droite, hors des murs, elle regarde l'hôtel.

Elle entend son pas, elle le voit, elle vient vers lui.

    – Je suis venue.
    – Je partais vous rejoindre –

il ajoute — Vous saviez que je
viendrais?

Elle ne comprend pas bien.

    — Où?
    — Dans l'île. Vous le saviez?
    — Non.

Elle s'approche de lui, pose sa tête sur son
épaule dans un geste de confusion, de crainte.
On dirait qu'elle a froid. Elle dit :

    — Je connais cet endroit —

elle relève la tête, regarde l'hôtel, le regarde,
ajoute :

    — Je vous connaissais.

Il se tait. Le désarroi grandit tout à coup,
elle regarde de nouveau l'hôtel.

    — Je suis venu dans l'île cette
nuit.
    — Ah.
    — Et sur la plage je vous ai
rencontrée.

La tête levée, elle regarde la façade blanche
du bâtiment de forme simple qui s'élève face
à la mer, il a du mal à l'entraîner.

Il l'entraîne, ils contournent l'hôtel.

La plage.

Il y a quelques promeneurs au loin, des chevaux au pas. Le ciel est léger, le temps est très clair.

Ils marchent vers la mer, sur le sable nu.

Elle a toujours froid, l'hôtel la poursuit, elle se retourne encore. Il la détourne, il l'entraîne. Elle dit :

> — Je lui ai demandé où vous habitiez, il m'a demandé de dire comment vous étiez, je lui ai dit — elle s'arrête — alors il m'a dit comment vous retrouver — elle l'interroge du regard — je ne me suis pas trompée.
> — Non, c'est bien ça.

Elle est encore tremblante. Encore une fois, l'hôtel, derrière : il tire la tête de son côté. Il le montre :

> — Vous l'aviez déjà vu?
> — Non — elle ajoute — je ne vais jamais par là, de ce côté-là de S. Thala.

Il l'entraîne encore. Elle marche.

Elle voit la mer. Elle dit :

– Quelquefois c'est calme ici.

On dirait qu'elle commence à oublier l'hôtel.

– On n'entend rien.

Elle la montre, c'est la mer du matin, elle bat, verte, fraîche, elle avance, elle sourit, elle dit :

– La mer.

Elle s'arrête de nouveau. Il continue à marcher. Elle recommence à regarder derrière.

– Venez encore.
– Je dois repartir.

Elle ne suit jamais que l'autre homme de S. Thala, elle doit avoir peur de suivre le voyageur.

Il s'assied, il l'appelle.

– Venez près de moi. Nous nous arrêterons là.

Elle vient. Elle s'assied près de lui. Elle se tait.

Puis elle cherche sur la plage cet autre homme.

C'est lui le voyageur qui, le premier, l'aperçoit.

> – Il n'est pas loin, regardez.

Au loin, de derrière la digue, le voici, en effet, qui surgit. Il marche dans la direction infatigable de la mer.

Elle l'a vu. La couleur revient sur son visage. Une détente se produit peu à peu. La mémoire de l'hôtel s'éloigne.

Elle le regarde lui, le voyageur. Elle ne tremble plus. Il s'est allongé sur le sable, elle le regarde encore. Elle doit apercevoir quelque chose de la fatigue du voyage. Elle touche les yeux sans sommeil. Elle dit :

> – Je suis venue vous voir pour ce voyage.

Il l'appelle encore.

> – Venez près de moi.

Elle se glisse jusqu'à lui. Elle se penche, elle pose son visage contre sa poitrine, reste ainsi.

> – J'entends votre cœur.
> – Je suis en train de mourir.

Elle relève légèrement le visage. Il ne la regarde pas. Il répète :

> — Je suis en train de mourir.

Il a poussé une sorte de cri. La phrase reste extérieure. Mais le cri la fait se redresser, s'écarter légèrement de lui. Elle se tient au-dessus de lui, interdite, méfiante, tout à coup. Elle attend. Elle dit :

> — Non.

Elle a parlé avec douceur. Dans cette douceur la brutalité du cri se perd, la menace obscure se dilue.

Elle recommence :

> — Je suis venue vous voir pour ce voyage que vous voulez faire.

Elle se tait. Il ne questionne pas. La phrase reste ouverte, elle n'en connaît pas la fin. Elle se fermera plus tard, elle le ressent, ne précipite rien, attend.

A l'autre bout de la plage, le long de la digue, la marche a repris. Le parcours est régulier. Il va, il vient. Il est visible tout au long du parcours. Elle le montre, elle dit lentement :

> — Il m'a dit plusieurs noms ce matin quand je vous cherchais — elle s'arrête — j'ai choisi celui de S. Thala.

Elle ne bouge pas, attentive au déroulement de sa propre parole.

> — C'est de ça qu'on se connaissait — elle ajoute — il y a très longtemps que je suis ici et vous, vous deviez le savoir — elle reprend — Vous deviez savoir quelque chose de ça.

Ecoulement de sable, continu. La marche du fou bat le temps de sa parole.

> — Alors vous êtes venu — elle reprend — vous êtes venu à S. Thala pour moi.

Elle l'examine tout entier, fait un signe de dénégation, fait « non », nie l'accident de la pensée qui vient de se produire, qui vient de la traverser. A elle-même : non. Puis elle dit avec certitude :

— Vous êtes venu ici pour vous tuer.

Elle attend. Il ne répond pas. On dirait qu'il dort. Elle le touche, elle ajoute :

— Sans ça vous ne m'auriez pas vue.

Elle l'appelle :

— Vous comprenez?

Il fait signe qu'il comprend. Elle se tait. Il demande :

— Personne ne vous avait jamais vue?

Elle dit clairement :

— Tout le monde me voit — elle attend — vous, vous avez vu autre chose en plus.

Elle le montre qui marche, au loin, elle ajoute :

— Lui.

Elle s'est immobilisée face à la mer. Il dit :

— Je vous avais oubliés.

> – Oui, c'est ça – elle déchif-
> fre lentement l'espace – alors
> vous êtes venu à S. Thala pour
> vous tuer, et puis vous avez vu
> qu'on était encore là.
> – Oui.
> – Vous vous êtes rappelé.
> – Oui – il ajoute – de – il
> s'arrête.
> – Je ne sais pas le mot pour
> dire ça.

Ils se taisent.

Une ombre passe sur le soleil. Du vent
arrive, repart. Le mouvement de la mer va
changer de sens. Ce changement se prépare.

La marche, là-bas, toujours, devant la
mer.

Elle se lève, elle se tourne vers la digue,
vers la marche :

> – Je vais aller le voir, je
> reviendrai.

Il ne la retient pas. Elle est debout près de
lui, mais elle a toujours les yeux sur celui qui
marche, au loin.

> – Je dois lui demander quel-

que chose — elle répète — je reviendrai.

Elle attend toujours. Elle a encore quelque chose à lui dire.

— C'est pour ce voyage — elle s'arrête — je ne comprends pas comment je sais que nous devons le faire.

Elle le désigne au loin :

— Il me le dira.

Elle s'éloigne, il la rappelle. Il demande :

— S. Thala, c'est mon nom.
— Oui — elle lui explique, montre : — tout, ici, tout c'est S. Thala.

Elle s'éloigne. Il ne la rappelle pas. Elle longe la mer.

Il la regarde marcher. Elle marche plus vite que d'habitude.

D'un pas égal, elle aussi, soudain.

Elle l'a rejoint. Elle se met à marcher avec lui. Au lieu de revenir sur ses pas, il continue, elle continue avec lui.

Le mouvement de la mer s'est inversé. La

descente de la rivière se prépare, son glissement dans l'abîme de sel. Dans des éclatements blancs, voici, les mouettes de la mer.
Elles arrivent vers le sable dénudé. Leurs cris
affamés les précèdent.

On ne les voit plus nulle part.

Ils reparaissent longtemps après.

Lui, il revient le long de la mer. Elle, sur
le chemin de planches : elle ne regarde rien,
elle évite de voir et les blancs essaims, et
l'épaisseur innombrable.

Ils se dirigent vers la rivière.

Le voyageur ne va pas dans l'île cette
nuit.

C'est le début de l'après-midi. Ils passent.

Lui, le long de la mer. Elle, sur le chemin
de planches.

Le voyageur est sur le chemin de planches.

Elle ne le voit pas. Elle ne voit rien.

Ils vont vers la digue. Ils disparaissent
derrière la digue.

Peut-être préparent-ils la naissance de l'enfant, là-bas, derrière la digue du cri de
S. Thala.

Ils reviennent le soir. Les mouettes de la mer crient. Elle marche légèrement courbée, presque lourdement : on dirait en effet qu'approche la naissance d'un enfant.

Ne les appelle pas.

Le voyageur attend ailleurs, il les attend dans le hall de l'hôtel. Il les attend à une autre heure. De nuit. De nuit, dans le hall de l'hôtel.

Le hall a changé d'aspect. Les glaces se sont ternies. Les fauteuils sont face aux glaces, rangés le long des murs blancs. Seules les plantes noires sont encore à leur place. Elles bougent toujours avec le vent qui arrive de la porte ouverte. Mouvements lents de houle pernicieuse, d'esprits morts.

Il arrive avec la nuit noire. Elle n'est pas venue, il est seul. Il entre dans le hall de son pas rapide, il voit le voyageur assis sur un fauteuil le long du mur. Il dit :

— Je passais.

Il ajoute :

– Je ne viens jamais de ce côté-là. → *peut être pour oublier quelque chose.*

Il se pose, il regarde.
Brusquement il voit le hall.
Tout autour de lui, le hall.
Il le regarde.
Ses yeux brillent. L'obscurité est presque totale. Il regarde comme en plein jour. Longuement.
Il bouge.
Il va vers le balcon, il se retourne, regarde encore fixement. Revient encore. Passe encore devant le voyageur assis dans la pénombre, ne le voit plus, ne voit que le hall.
Tout à coup, il s'immobilise au milieu de la piste, montre l'espace, décrit l'espace entre les fauteuils alignés et les piliers, demande :

– C'était ici? – il s'arrête – là?

Sa voix est incertaine.
Il attend.
Debout au milieu de la piste de danse, il attend encore.
Puis, de nouveau, montre l'espace, décrit

65

l'espace entre les fauteuils alignés, répète le geste, attend, ne dit rien.

Marche, parcourt l'espace, le parcourt encore, s'arrête.

Repart. S'arrête encore. Se fige.

On chante, très bas.

On chante.

Il chante.

C'est la musique des fêtes mortes de S. Thala, les lourds accents de sa marche.

Il avance. La raideur habituelle disparaît d'un seul coup. Le voici, il avance, il chante et il danse en même temps, il avance sur la piste, dansant, chantant.

Le corps s'emporte, se souvient, il danse sous dictée de la musique, il dévore, il brûle, il est fou de bonheur, il danse, il brûle, une brûlure traverse la nuit de S. Thala.

Quelques secondes. Il s'arrête.

Il est arrêté. Il ne bouge plus. Il ne chante plus, il cherche autour de lui l'événement extérieur qui a interrompu la danse, le chant, il cherche ce qui est arrivé, saisi par un vertige que seulement il subit.

Quelque chose a bougé dans le fond du hall.

Il demande :

– Qui est là?

Il écoute sa propre voix. La fixité du regard ne se modifie pas. Il subit ses propres paroles comme tout à l'heure son propre mouvement.

Il dit, il répète :

– Qui est là?

On dirait qu'il a peur, il se tourne, il se dresse.

Le voyageur s'est levé, il arrive lentement du fond du hall.

Il regarde cet autre homme, le voyageur. Celui-ci fait quelques pas, il arrive dans la lumière de la piste. Il le regarde.

Il le voit.

L'immobilité éclate, la bouche s'ouvre, aucun son ne sort, il fait encore l'effort de parler, n'y arrive pas, tombe dans un fauteuil, tend la main vers le voyageur, le regarde comme au premier jour, murmure :

> – Vous, c'était vous – il s'arrête – vous êtes revenu.

Il pleure.

Dimanche. Le bruit ne croît pas à S. Thala. Il y a du vent. Puis il pleut.

Le voyageur marche dans S. Thala sous la pluie.

Il ne les rencontre pas.

Une nuit. Un jour.

Le voyageur ne les voit nulle part dans l'espace, le temps, de S. Thala.

Une nuit noire.

Elle passe, devant l'hôtel.

Le voyageur est sur le balcon, il la voit passer sur le chemin de planches, son ombre se détache sur la mer.

Elle marche lentement, continûment vers la digue. Elle ne se retourne pas vers l'hôtel. Elle va, dans la nuit, droit.

L'enfant, c'est l'enfant, sa naissance.

Lui, l'autre, cette nuit, la suit. Elle avance, elle l'ignore. Il suit. Elle fonce, bestiale, elle va.

Elle disparaît derrière la masse noire de la digue, elle se perd dans les sables, le vent illimité.

Il se perd à son tour, disparaît à son tour.

Plus rien. Que l'épaisseur innombrable, endormie.

Lendemain jour de soleil.

Le voyageur marche autour de S. Thala dans le soleil.

Il s'éloigne, ne pénètre pas. Il marche sur une route bordée de maisons fermées : îles dans l'océan de pierre.

Il cherche à S. Thala, au-delà.

Soleil toujours.

Le voyageur passe devant une maison habitée. Il y a une terrasse dans le parc. On en voit quelque chose de la route. Les fenêtres sont ouvertes. On parle à l'intérieur de la maison.

Une femme rit – un rire léger, bref.

Plein jour.

Le voyageur revient sur ses pas.

Il s'éloigne.

C'est le soir, au bord de la rivière, dans l'île. Elle est seule, elle est assise sur la berge, elle regarde devant elle, S. Thala. Le voyageur s'assied près d'elle, elle le voit :

— Ah, vous êtes venu.

Elle est très absorbée par ce qu'elle voit. Il lui demande :

> — Vous lui avez demandé pour le voyage?

Elle se souvient :

> — Il dit que j'ai toujours parlé de ce voyage en même temps que j'étais ici à S. Thala.

Le soleil se couche. Elle est très près de s'endormir dans l'attention qu'elle met à regarder S. Thala. Déjà elle doit attendre l'autre pour qu'il l'emmène dans le sommeil.

Son visage ne porte aucune trace de fatigue ni de douleur. Mais elle a maigri et il y a dans ses yeux une force souriante.

Elle s'aperçoit que le voyageur s'éloigne.

Le voyageur repasse devant la maison habitée. Il s'arrête. De la rue on peut voir la terrasse, une partie du parc.

Il sonne. La porte s'ouvre automatiquement de l'intérieur, il entre. L'endroit est très clair, meublé de blanc.

Une voix de femme :

— Qu'est-ce que c'est?

Il ne répond pas, il n'y parvient pas. Devant lui une baie vitrée est ouverte sur la terrasse. La voix arrive de la partie de la terrasse qu'il ne peut pas voir, derrière la baie vitrée. Il attend.

C'est dans la baie vitrée qu'elle apparaît, à contre-jour. Elle est en robe d'été. Elle a des cheveux très noirs, défaits.

Elle le voit mal dans la pénombre de l'entrée.

— Mais qui demandez-vous?

Il avance d'un pas, il ne dit rien. Elle le voit encore mal.

— Mais que voulez-vous?

Il avance encore vers elle. Elle le regarde venir, elle sourit, elle est surprise, mais elle paraît n'éprouver aucune peur.

Il fait encore un pas, il s'arrête. Il est arrivé dans la lumière de la terrasse.

Elle le voit.

Le regard le quitte d'un seul coup. Le visage se ferme, les yeux, une douleur irrésistible semble traverser le corps.

Elle va vers la terrasse, il la suit. Elle a un geste machinal, elle montre un fauteuil, elle dit :

— Asseyez-vous, je vous en prie.

Ils sont debout, immobiles. Elle murmure.

— Vous êtes revenu...

Ils ne se regardent pas.

Il reste debout près d'elle. Elle ne s'assied pas. Elle s'appuie à la table de la terrasse.

Elle prend une cigarette. Sa main tremble.

Elle s'assied.

Elle est dans la lumière d'un parasol bleu.

Il commence à regarder : la beauté est là, toujours présente.

Une table basse est à sa droite, dessus il y a un livre ouvert. Une allée est devant elle. Au bout, une grille blanche. Le parc s'étend, vertes pelouses, jusqu'à la grille fermée.

> — Elle n'a jamais guéri?
> — Jamais.

Elle se détourne, sa tête tombe sur le dossier du fauteuil, elle se cache vers le parc, elle dit :

> — Quelquefois... je crois qu'elle m'appelle... encore... encore maintenant...

Elle fait un effort. Ses mâchoires se serrent pour ne pas pleurer.

Elle ne pleure pas sur elle-même.

Il la regarde toujours avec une intense attention. Elle ne s'en aperçoit pas.

> — Je savais bien qu'elle n'était pas morte, on m'aurait prévenue... — elle hésite et demande plus bas — où a-t-elle fini?
> — A la prison de S. Thala.

— Ah...

Elle chasse l'image, retombe sur le dossier.

Son corps est très visible sous la robe. Son corps encore en vie. Ses jambes sont nues, ses pieds sont nus sur la pierre de la terrasse.

Le voyageur la regarde toujours avec la même attention anormale. Elle ne le remarque toujours pas. Elle murmure encore, elle demande :

> — Elle parle encore de moi?
> — Non.

Elle prend une autre cigarette. Elle tremble toujours. Ses yeux sont très sombres, fardés de noir, fosses sans fond où le sens se perd.

Elle regarde sans voir un certain point du parc.

c'est la même nuit

> — J'imagine qu'on ne peut rien pour elle n'est-ce pas?
> — Rien.

qui est celle?

Elle ne voit toujours rien de l'attention insondable dont elle est l'objet. Elle demande :

74

– Vous êtes revenu à
S. Thala pourquoi?

Silence. Elle s'étonne.

Elle se tourne vers lui. Voit, voit le regard.

Il cherche à répondre. Il commence à répondre :

– Je ne suis pas sûr de l'avoir voulu – il s'arrête.

Il fait signe qu'il doit se tromper, il cherche encore à répondre :

– Non... je me trompe...
...non... – il ajoute – je l'ai voulu.

– Quoi?

– Me tuer – il ajoute – Je cherchais un endroit pour le faire, je l'ai rencontrée.

Elle se relève légèrement de son fauteuil – l'espace d'une seconde son regard fixe le parc et revoit la totalité du passé – puis son regard revient, et elle dit :

– C'est ça... c'est bien ça...
Où qu'elle aille tout se défait.

Le voyageur ne relève pas l'erreur qui vient d'être commise sur la chronologie de la mort.

> — La mort devient inutile?
> — Oui.

A son tour elle le regarde. Ils se regardent. Il dit :

> — Je ne suis pas sûr de vous reconnaître.

Le changement arrive avec la brutalité d'un passage de jour à nuit :

> — Quelle est la différence?

Il fait signe : il ne voit pas laquelle.
Elle commence à sourire. Elle sourit. Insensiblement un changement du visage se produit. Elle sourit.

> — Vous ne voyez pas?

Le sourire s'est collé en plein visage. Dessous, le visage devient méconnaissable. Elle sourit toujours.
On ne voit plus qui elle est. Elle dit :

> — Regardez-moi.

Elle se lève. Elle se tient devant lui, droite,

rigide. Il a devant lui le corps tout entier, le visage, le sourire.

— Vous ne trouvez pas?

— Non.

Elle se rassied.

— Regardez encore.

Elle tend le visage en avant : c'est autour du visage. Il dit :

— Vos cheveux.

— Oui — le sourire s'accentue.

— Teints.

— Oui. En noir — elle ajoute, le sourire s'accentue encore — mes cheveux noirs teints en noir — elle ajoute encore — C'est tout?

L'épouvante passe, terrasse, parc, lieux d'épouvante tout à coup. Le voyageur se lève, il s'appuie à la table, il ne la regarde plus. Elle continue à le regarder, à attendre la réponse, toujours, elle sourit :

— Alors? Vous ne voyez pas?

— elle montre autour d'elle l'habitation, le parc, l'espace clos de murs, de grilles, les défenses – Vous ne voyez rien?

Il fait signe : plus rien, il ne voit plus rien.

Elle dit :

– La morte de S. Thala.

Elle répète, elle dit :

– Je suis la morte de S. Thala.

Elle attend, elle termine la phrase :

– Je m'en suis tirée.

Elle attend encore, elle termine encore la phrase.

– La seule de vous tous – elle ajoute – la seule, la morte de S. Thala.

Elle se tourne vers son parc, son habitation. Elle ne termine plus aucune phrase. Le sourire est encore là, dessous il n'y a plus que des traits.

Il s'en va. Elle le laisse aller. Elle reste là. Là.

Il prend l'allée, ouvre la grille, sort.

Dehors. L'espace. Les mouettes de la mer qui traversent.

Il y a de la fumée noire au-dessus de S. Thala.

Plein jour.

Le voyageur regarde de la fenêtre de sa chambre.

Voici les clameurs des sirènes d'alarme. C'est vers la rivière.

Le voyageur regarde sa montre, puis de nouveau la fumée noire dans le soleil.

Les sirènes cessent.

On entend des pas, dehors.

Une femme traverse la cour, elle va vers le hall. Elle est accompagnée de deux enfants. Ils sont en vêtements de deuil.

Le voyageur se retire de la fenêtre, il attend, il écoute, il attend.

Les sirènes d'alarme recommencent à parcourir la ville, déchaînées.

La fumée continue à s'élever au-dessus de S. Thala du côté de la rivière.

Il fait à S. Thala ce jour-là une grande chaleur immobile. L'ombre des arbres est

79

une aere
de folie

ancrée au sol de S. Thala. Le vent l'a désertée. Un soleil fixe dans un ciel vide la recouvre.

Le voyageur va vers la table, prend la lettre, la met dans une enveloppe et la repose sur la table.

Il sort de sa chambre.

Le couloir : au bout, l'homme qui marche.

Il est dans la lumière des fenêtres de l'escalier.

Il attend.

Ils se regardent. La bouche rit, les yeux bleus brillent dans le visage brûlé.

Il montre la direction des sirènes, il annonce :

— Le feu.

Ses yeux sont d'une transparence liquide. Il ajoute :

— La prison — il ajoute — c'était éteint quand je suis parti — il s'arrête, il l'informe — ça brûle souvent.

Les sirènes hurlent. Le voyageur dit :

— Ça brûle encore.

80

elle ne jamais
guerit

parle à lui même,

– Oui mais plus loin – il s'arrête – ça brûle toujours quelque part.

Les sirènes ont cessé. Le voyageur demande :

Qui parle ?

– Vous passiez?
– Je la cherche. – Il explique – Quelquefois elle dépasse les bornes de S. Thala mais il suffit de le savoir.

Il regarde autour de lui, il ajoute :

– A moins qu'elle ne soit ici.

Vocab – Non.

Il s'éloigne, il se souvient de quelque chose, il revient.

– On vous demande dans le hall, j'ai dit qu'on attende.

Il s'en va.
Le voyageur reste où il est, attend.
Longtemps. Puis quelqu'un vient.
Quelqu'un monte l'escalier. On la reconnaît. C'est la femme qui a traversé la cour.

Elle le voit en haut des marches. Les sirènes
ont cessé. Elle le regarde, elle dit :

> — On m'a dit que vous étiez
> ici, un homme que je ne
> connaissais pas.

Elle continue à monter. Il ne la regarde
pas. Elle arrive près de lui.

> — On peut aller dans votre
> chambre — le ton est timide,
> effrayé. Vocab.

Il regarde les vitres du couloir. Elle dit :

> — Je ne vous reconnais pas.

Elle lui touche l'épaule, répète :

> — On peut aller dans votre
> chambre pour parler?

Il dit — la voix est lente, douce, cassée tout
à coup :

> — Je vous ai écrit. La lettre
> est encore là.

Elle repose la lettre sur la table. Elle est

debout. Il regarde par la fenêtre la ville immobile, la fumée au-dessus de l'île.

Les sirènes traversent, passent. Elle dit – la voix est basse, blanche :

> – Je ne comprends pas bien...

Il la regarde : le regard est absent. Elle recule. Elle tremble.

> – Vous avez cessé de...

Il cherche à répondre, il n'y parvient pas. Elle continue :

> – Je me demande même si...
> si même au début... vous
> m'avez jamais – elle s'arrête –

Il dit :

> – Sans doute pas.

Les sirènes de nouveau lancées à toute volée, assourdissantes, à travers S. Thala. Elle s'arrête de parler, elle prend peur, elle crie :

> – Mais qu'est-ce que c'est?
> – Le feu.

Elle crie avec les sirènes :

83

— Où est-ce?
— Loin.

Il écoute les sirènes. Elle voit l'attention qu'il met à suivre leur parcours. Cette distraction déchaîne la colère, elle crie encore :

— Il y a autre chose, j'en suis sûre, il y a autre chose.

Les sirènes s'éloignent, s'éloignent encore, deviennent lointaines.

Il regarde devant lui, la rue vidée, le soleil sempiternel.

La colère fléchit.

Elle supplie tout à coup :

— Parlez-moi, je vous en supplie.

Il dit :

— Je voudrais revoir les enfants.

Il ferme les yeux, il fait un pas. Elle croit qu'il va s'en aller, elle le retient.

— Ne partez pas avant que je sache...

Il dit :

84

     — Je voudrais revoir les en-
fants.

Il attend.

Elle ne répond pas. Elle le regarde longuement, puis elle s'approche, hésite, s'approche
encore :

     — Ça dure depuis quand?

Sa voix est unie, sans timbre. Il dit :

     — Depuis toujours.

Elle pousse une exclamation, un rire forcé,
bref. Il regarde : le visage est glacé dans le
rire silencieux, le regard implore :

     — Vous vous moquez de
   moi?
     — Non.

La sincérité de la réponse fait peur. Elle
recule. C'est quand elle a reculé qu'il s'aperçoit de l'erreur qu'il vient de commettre. Il
va vers elle, il a un geste d'excuse, il dit :

     — Comprenez-moi — il s'ar-
   rête, il ajoute — je voulais dire...
   je ne le sais que depuis quelques
   jours.

Elle attend : rien, il ne dit plus rien.

Elle dit :

> — Vous me faites de la peine...

Il ne répond pas.
Les cris repartent encore mais ils sont sans force, la colère est brisée.

> — Je voudrais une explication... j'y ai droit il me semble...

Il n'a pas entendu.

> — Qu'est-ce que vous me reprochez?
> — Mais rien... je...

Il est devant elle. Elle voit l'effort qu'il fait pour essayer de parler, son impuissance à y parvenir. Elle lui prend la main, il se laisse faire. Il finit par dire :

> — Il s'agit d'un événement qui s'ignore — il ajoute — d'ordre général.

Elle lâche sa main, elle dit dans un sifflement :

> — Vous le faites exprès?

86

– Non.

Elle attend : rien d'autre, il ne dit rien
d'autre.

Il a oublié sa présence, il regarde la rue.
D'un seul coup, brusquement, elle comprend
la vanité de toute démarche.

        – Mais quoi... C'est sérieux?

La voix est foudroyée : VOCab

        – Vous voulez dire que...
        – Oui.

Elle hésite une dernière fois :

        – Et on veut bien de vous?
        – Oui.

Elle attend. Il ne dit rien. Attend encore,
longtemps : rien.

Alors elle bouge. Elle marche.

Elle bouge dans la chambre, elle va, elle
vient. Bruits de sanglots réprimés. On entend
tout bas :

        – Et moi, pauvre de moi, qui
    ne me doutais de rien...

Elle s'arrête d'un seul coup.
Reste fixe.

Elle est arrêtée près de la table de nuit. Elle tient à la main un flacon de verre rempli de pilules blanches, non entamé. Elle le regarde, lit l'étiquette sur le flacon.

Les sirènes passent en trombe sur la route devant l'hôtel, elles se dirigent toujours du côté de la rivière.

Elle pose le flacon. Elle regarde l'homme qui est devant elle, longuement. Elle passe la main sur son visage pour conjurer la vision.

Il la voit. Il a vers elle un geste d'excuse, mais ne parvient pas à dire quoi que ce soit. Elle demande de la même voix foudroyée :

> — Qu'est-ce que ça veut dire... ?

Il fait signe : rien, il fait signe que ce n'est rien.

Elle s'approche de lui sans bruit, elle arrive très près de son visage, à le toucher, elle dit :

> — Je vous connais, vous ne le ferez pas.

Les sirènes, de nouveau, du côté de la rivière.

Elles cessent.

88

Elle dit calmement :

> – Les enfants sont dans le
hall. → *quelles enfants?*

Les sirènes, de nouveau, du côté de la
rivière.

Les enfants.

Ils se lèvent, ils le regardent venir. Ils sont
blancs dans leurs vêtements noirs. Ils ne
bougent pas, ils le regardent, et seulement
lui.

Ils sont côte à côte, à un mètre l'un de
l'autre, dans la même attente. Ils sont préve-
nus du drame, ils en ignorent la nature.

Il s'arrête. Il les regarde.

Il les regarde alternativement, l'un, l'autre.
Il les sépare, puis il les rassemble. Il ne
s'approche pas.

Entre lui et eux il y a un rectangle de soleil
découpé par l'ouverture du balcon. Personne
ne franchit le rectangle de lumière. Il n'y a
aucune crainte dans les yeux des enfants.
Seule, l'avidité de la connaissance.

La mère est quelque part dans le hall, ils ne
la voient pas.

Ils regardent cet homme qui se tait. Ils
attendent.

Il dit :

— Je ne reviendrai plus.

La nouvelle est reçue dans le silence. Le
regard des enfants n'a pas changé. L'avidité
reste égale.

— Jamais?

La voix est neutre, machinale.

— Jamais.

La voix adulte a le calme de celle de
l'enfant.

La femme traverse le rectangle de lumière
qui sépare l'homme des enfants, elle cherche
l'air, elle court sur le balcon, se cogne à la
porte, s'immobilise là, contre la porte, se
cache le visage dans ses mains.

Les enfants ne la voient pas. Ils voient
l'homme et seulement lui.

— Pourquoi?

La voix est claire, toujours calme, sans
coloration aucune.

— Je ne veux plus d'enfants.

L'avidité reste égale, elle est sans bornes. La bouche est entrouverte sur l'avidité sans bornes de la connaissance. Aucun signe de souffrance. Autre voix d'enfant :

— Pourquoi?
— Je ne veux plus rien.

La femme bouge, elle franchit la porte, revient du balcon. Elle a poussé un cri sourd de suffocation.

La tension des visages est restée égale. De même l'avidité.

Les sirènes d'alarme éclatent dans toute la ville.

La femme court, crie.

— Mais qu'est-ce que c'est? c'est ici?

Ni l'homme ni les enfants ne lui répondent.

Les sirènes diminuent brusquement d'intensité. Elles cessent.

Toujours de la même voix lucide, un enfant enchaîne des événements qui sont, en apparence, sans relations.

— La police est venue quand vous étiez en haut.

L'autre enfant lève le bras et indique la direction de la rivière tout en regardant l'homme :

> — C'est un incendie, c'était à cause de l'incendie.

Un cri isolé : la mère. Elle crie qu'il faut partir.

> — Partons d'ici.

Les enfants parlent calmement dans le hurlement des sirènes et les cris de la femme :

> — Ils cherchaient quelqu'un qui était avec toi.
> — Une femme qui s'est sauvée, ils avaient peur.

La femme crie :

> — Partons de cet endroit je n'en peux plus.

Les enfants ne l'entendent pas.
Elle arrive vers eux :

> — Allez, venez, on s'en va.

Elle arrive, elle les bouscule avec force. Le petit garçon tombe. Elle le ramasse, le fait tenir debout, le pousse, prend la petite fille,

la bouscule aussi, la pousse, pousse devant
elle, n'arrive pas à rassembler, pousse, fait
avancer, hurle, hurle avec les sirènes :

— Vous allez venir ou j'appelle.

Ils ne veulent pas bouger, ils le regardent
toujours, cloués.

Elle prend peur, elle crie :

— J'ai peur, venez.

L'avidité demeure insatiable comme au
premier moment. Ils attendent encore. L'avidité restera sans réponse.

Elle pousse dans le dos, fait avancer,
pousse, pousse de toutes ses forces vers la
porte du hall.

La porte.

Elle est atteinte.

La porte, encore. Elle bat. On marche dans
la cour de l'hôtel.

Par la porte du balcon, le sable, la mer.
Longtemps. Puis il sort.

Elle est contre le mur, dans la chaleur. Ses
yeux sont presque fermés. Des larmes coulent

sur son visage. Elle ne s'aperçoit pas de la présence du voyageur.

C'est quand il s'assied près d'elle qu'elle le voit.

Il se tait. Elle dit :

— Ah vous êtes revenu.

La mer est lointaine à travers les paupières entrouvertes. La ville, là-bas, est invisible, engluée dans ses excrétions. Il n'y a plus d'oiseaux. Les larmes coulent de ses yeux. Elle dit :

— Une femme est venue avec des enfants.

Il fait signe : oui. Elle le voit à travers les larmes. On dirait qu'il a froid dans la chaleur immobile. Il ne regarde rien, le sable.

— Ils sont repartis.
— Oui.

Loin, au-dessus de la mer, des zones d'ombre. Le ciel se couvre. Puis il pleut sous les zones d'ombre. Elle regarde. Elle pleure.

— Vous non plus vous n'avez plus rien maintenant.

Il ne lui répond pas.

Elle pleure.

Régulières, sans à-coups, les larmes coulent des yeux.

Il se bâtit sur la mer un grand quadrilatère de lumière.

Ils ne le voient pas.

Il regarde le sable près de lui : sa main à elle posée sur le sable est salie de noir. Il dit :

> — Vos mains sont noires.

Elle lève ses mains, les regarde à son tour, les repose.

> — C'est l'incendie.
> — On vous cherchait.

Il prend du sable.
Touche le sable.

Il se bâtit sur la mer un grand quadrilatère de lumière blanche.

Elle tend la main :

> — La lumière, là.

Il n'entend pas. Il demande :

> — Sur quoi pleurez-vous?
> — Sur l'ensemble.

Il voit que le sable, sous ses yeux, s'éclaire.

Il lève la tête, il aperçoit de la lumière sur la mer.

Retourne au sable.

> — Vous pleurez sur l'incendie?
> — Non, sur l'ensemble.

Il ne bouge toujours pas, ni ne regarde, ni ne voit. Sur la mer, le grand quadrilatère de lumière est bâti. Elle le montre :

> — Il y a de la lumière, là.

Reste rivé au sable.

Elle montre au-dessus de la lumière le ciel nu.

Il répète :

> — La police vous cherche.

Les sirènes, au loin.

> — Oui.
> — Ils vont vous tuer.
> — Je ne peux pas mourir.
> — C'est vrai.

Puis elle montre la plage. Puis un certain endroit de la plage, sous la lumière, près des piliers du casino bombardé :

> – Au même endroit l'autre
> jour il y avait un chien mort –
> elle se tourne vers lui – la mer
> l'a emporté pendant l'orage.

Elle cesse de montrer, se détourne de tout,
rentre dans le chien mort.

Elle y reste longtemps, autant de temps
qu'il faut à la lumière pour s'éteindre, dispa-
raître. Il dit :

> – J'ai vu le chien mort.
> – Je pensais que vous l'aviez
> vu aussi.

Le quadrilatère de lumière pluviale a disparu.

D'autres orages éclatent.

Rideaux de pluie ensoleillée, partout au-
dessus de la mer.

Il se met à regarder les rideaux de pluie.

La pluie. Elle n'arrivera pas à atteindre
S. Thala aujourd'hui. Son odeur seulement
l'atteint : celle du feu, du vent.

Elle ne pleure plus. Elle dit, elle répète :

> – On peut partir maintenant
> – elle ajoute – vous n'avez plus
> rien vous non plus.

97

— On le peut — il ajoute —
plus rien.

Elle n'est plus contre le mur. Partie vers la
rivière.

Nuit. C'est fait.

Des habitants sur le chemin de planches.
Ils marchent très lentement. Ils parlent à
mi-voix des cris qu'on entend ces temps-ci
dans S. Thala, des incendies multipliés.

Le voyageur se lève.

Il marche.

Sa marche est très lente, lourde.

Il longe. Il contourne. Il longe la plage.
Puis la gare fermée. La rivière. Après la
rivière, il tourne. La mer est haute. Les
bateaux ont quitté S. Thala. Babylone délais-
sée, au loin.

Dans l'île il y a des traces d'incendie, des
bois brûlés, des pierres noircies.

Ils sont sur la dernière marche du perron
de pierre, là où d'habitude elle se tient. Ils
dorment enlacés. Leur sommeil est pro-
fond.

Il s'assied à leur côté. A son tour il
s'endort.

Il se réveille avec le jour, il est seul. Eux
sont déjà partis vers leur labeur, l'investisse-
ment des sables de S. Thala, objet de leur
parcours.

Soir. Lumière d'or.

Elle l'attend sur le chemin de planches,
face à l'hôtel, tournée vers S. Thala. Il vient
vers elle. Elle dit :

> — Je suis venue vous voir
> pour ce voyage.

Elle regarde au-delà de l'hôtel et des parcs,
l'enchaînement continu de l'espace, l'épaisseur du temps. Elle ajoute :

> — Ce voyage à S. Thala, vous
> savez.

Il voit mal son visage tendu vers l'épaisseur.

> — Je n'y suis jamais revenue
> depuis que j'étais jeune.

La phrase reste suspendue un instant, puis
elle se termine :

> — J'ai oublié.

Elle cesse de regarder S. Thala. Elle lui
sourit. Il demande :

— Que dit-il?

— Il dit que ce voyage est nécessaire — elle ajoute — il ne dit pas pourquoi.

Une brise fraîche arrive de la mer, très douce, à l'odeur d'algues et de pluie.

— Avant, dit-elle, c'était un pays de sable.

Il dit :

— De vent.

Elle répète :

— De vent, oui.

Elle est debout sur le chemin de planches. Elle ne regarde plus. Elle ne regarde rien. Elle est droite, face au temps. Il dit :

— Les fleuves étaient grands, les champs, derrière la mer?

Elle sourit :

— Oui — elle ajoute — on traversait en train pour aller en vacances l'été.

Elle répète :

— L'été.

Ils se taisent. Elle le regarde. Il dit :

— On ira quand vous vou-
drez.

Elle s'éloigne sur le chemin de planches.
La brise continue, fraîche, à couvrir la plage,
la lumière baisse sous un ciel clair.

Trois jours. Lumière d'or.
Trois jours au cours desquels rien n'arrive,
que le rongement incessant qui croît avec la
lumière, décroît avec elle.

Soleil fixe sur S. Thala. Vent. Lumière d'or
fixe, fouettée par le vent. Odeur du sel et de
l'iode mêlés, âcre odeur déterrée des eaux.

La mer bat, forte, sous le ciel nu, les sables
se soulèvent, courent, crient, les mouettes de
la mer luttent contre le vent, leur vol est
ralenti.

L'endroit du mur reste vide, la place est
éclairée.

Puis le vent tombe, les sables, de nouveau,
sont paisibles. La mer se calme, l'enchaînement continu étale au soleil sa putréfaction

générale. Dans le ciel, au-dessus, de nouveau, s'aventurent les lents vaisseaux de la pluie.

Trois jours.

Puis elle vient.

Elle arrive, légère, sur le chemin de planches, elle vient vers le voyageur qui l'attend pour l'accompagner dans son dernier voyage à travers l'épaisseur S. Thala.

S. Thala.

Ils marchent. Ils marchent dans S. Thala. Elle marche droite, face au temps, entre ses murs. Le voyageur dit :

> — Dix-huit ans — il ajoute —
> C'était votre âge.

Elle lève les yeux, regarde le paysage présent, pétrifié. Elle dit :

> — Je ne sais plus.

La route est plane, facile à parcourir, machinale. De temps à autre elle prononce le mot, elle l'appelle :

> — S. Thala, mon S. Thala.

Puis elle regarde le sol.

– Je ne reconnais pas.

Lentement, à leur pas, défile S. Thala, ses villas, ses parcs.

La route tourne.

Après le tournant elle hésite, s'arrête.

Elle regarde. Devant eux la maison grise, le rectangle gris aux volets blancs, perdue au milieu du vertige de S. Thala.

Le jardin est autour, l'herbe, encore verte, folle, prise dans le volets gris, débordant les murs. Elle regarde, elle dit :

> – Ce n'était pas la peine de revenir.

Elle recommence à marcher.

Elle retourne vers la poussière, le sol des routes de S. Thala, elle dit en marchant :

> – Ce sont d'autres endroits.

Ils avancent.

Les parcs sont moins grands, les villas se touchent, les murs.

Ils marchent.

Le voyageur se met à son tour à regarder le sol, les cendres blanches. Il dit :

> – Tout a été retiré avec les affaires personnelles.

— Quand? — elle a ralenti.

— Quand pour la première
fois vous êtes tombée malade —
il ajoute — Après un bal.

Elle ne répond pas tout de suite, elle
sourit :

— Oui, je crois.

Ils marchent. Elle retourne à regarder le
sol. Elle est en blanc, coiffée. Il l'a préparée,
dans l'île ce matin, il l'a lavée, coiffée. Elle
porte un petit sac de jeune fille, également
blanc, le sac blanc du voyage à S. Thala. Elle
le prend et elle l'ouvre. Elle en sort une
glace. Elle s'arrête, se regarde, repart. Elle lui
tend la glace, elle la lui montre.

— Il m'a donné ça avant de
partir.

Elle ouvre de nouveau le sac. Elle y
replace la glace. Il regarde : le sac est vide, il
ne contient que la glace. Elle le ferme, elle
dit :

— Un bal.
— Oui — il hésite — vous étiez,
à ce moment-là, supposée ai-
mer.

Elle se retourne, lui sourit.

      – Oui. Après... – elle retourne au temps pur, à la contemplation du sol – après j'ai été mariée avec un musicien, j'ai eu deux enfants – elle s'arrête – ils les ont pris aussi.

Elle se tourne vers lui, lui explique :

      – Vous savez, c'est après que j'ai été malade une deuxième fois.
      – On vous l'a dit?
      – Je me souvenais des enfants – elle ajoute – et de lui.

Il s'arrête. Elle s'arrête à son tour. Il a du mal à parler, elle ne le remarque pas.

      – Où est-il maintenant, lui?

Dans la même coulée informative, elle dit :

      – Mort, il est mort.

Le vent de la mer se met à souffler sur S. Thala. Il ne bouge plus, il reste là, dans le vent. Elle se place à côté de lui. Elle n'a rien vu du vertige. Elle se plaît dans le vent. Elle dit :

> — Le vent de S. Thala, c'est le même.

Il la regarde.
Arrêté devant elle il la regarde.
Elle doit voir quelque chose de la violence du regard. Elle cherche la destination de cette violence, elle s'étonne, elle demande :

> — Qu'est-ce qu'il y a?
> — Je vous regarde.

Elle dit, elle demande :

> — Il n'y a pas de voyage n'est-ce pas?
> — Non. Nous sommes à S. Thala, enfermés — il ajoute — je vous regarde.

Elle vient, docile, vers lui. Il la serre contre son corps. Elle laisse faire. Il la lâche, elle se laisse lâcher.
Ils marchent, ils recommencent à marcher.
Les parcs ont disparu, les jardins.
La route monte.

La mer s'éloigne, les sables. Elle se retourne, les regarde.

Il dit :

> — « Des rangées de peupliers s'abattaient derrière le train. Il la regardait. »

Elle rit, elle marche.

Il dit :

> — « Des plaines, des champs, des grêles murailles d'arbres blonds. »
>
> « Il la regardait. »

Elle rit encore. Elle avance.

Ils avancent.

Un changement se produit. La route s'élargit. Une place. Le vent de la mer cesse peu à peu de souffler.

Elle recommence à regarder.

Ils s'arrêtent. Le changement s'est intensifié d'un seul coup. Plus de vent. Le soleil grandit.

La chaleur sort des pierres, par effluves.

A peine étonnée, elle sourit à sa blanche patrie, elle dit :

> — C'est donc l'été à S. Thala?

Ils repartent.

Ils traversent la place vide.

Elle marche plus lentement, déjà la fatigue commence.

La chaleur augmente.

Le soleil aussi, lentement il éclate.

Ils ont traversé la place. Dès qu'ils la quittent, les voici, les voici tout à coup, surgis de la ville, des trous, de la pierre, indifférents les uns aux autres, dans une activité générale, les habitants de S. Thala.

Ils les suivent.

Elle regarde avec la même attention les habitants de S. Thala, et leurs demeures, lui qui est près d'elle, et la mer qui est au loin, ici, – sur le fronton d'un immeuble sur lequel ils sont en train de passer, – mêlé aux termes « GOUVERNEMENT DE », le mot de S. Thala, et là-bas, très loin, les blancs éclatements des mouettes de la mer et les sables, distincts.

Elle subit de même cette chaleur, cette inexplicable ensoleillement.

Ils les suivent encore.

Elle marche de plus en plus lentement.

Ils les dépassent, ils les quittent.

Elle s'arrête :

C'est un boulevard très long, droit.

Tout à coup, une fois traversée l'activité

générale, la place, ils se sont trouvés dans ce boulevard, très long, droit.

Elle ne repart pas.

Elle se met à regarder avec méfiance, sourcilleuse tout à coup, l'étendue du boulevard.

Le soleil brûle. Ses yeux souffrent, semble-t-il, elle regarde comme forcée de le faire.

Elle repart.

Elle recommence à ne plus regarder rien.

Ils commencent à aller.

La direction est longue, droite. On ne voit pas la fin.

Elle marche les yeux à moitié fermés, elle évite la souffrance que lui provoque la lumière. Elle ne lui parle pas. Elle marche.

Partout, les murs blancs, le déroulement de S. Thala. Le boulevard est sans arbres.

Il n'y a que lui, le voyageur, qui l'ait vu : devant eux, au bout du boulevard, dans ses vêtements sombres, léger, il marche. Ils le suivent sans le savoir depuis le départ des sables de S. Thala.

Les murs battent, blancs, ils se multiplient de chaque côté de la marche.

Elle doit avoir chaud, elle essuie son visage avec sa main, elle ralentit, elle repart. Ils avancent très lentement.

Les murs augmentent en nombre, se multiplient, ils se coupent, se suivent, se recoupent, ils battent dans les tempes, font saigner les yeux. Il n'y a toujours aucune ombre.

Toujours en avant, la silhouette noire dans la blancheur des murs au bout du boulevard.

Elle ne la voit toujours pas.

Elle avance.

Elle s'arrête.

C'est elle qui s'arrête. Les yeux au sol, tout à coup, elle sait : la distance qu'il y a entre le cœur de S. Thala et la mer est restée kilométrée dans les jambes d'enfant : elle lève les yeux, elle dit :

— Regardez, ils ont bâti ça.

C'est un bâtiment de forme indéfinissable, grand, semblerait-il, de la blancheur de la craie. Il y a de nombreuses ouvertures, elles sont fermées : les volets de bois ont été cloués aux murs.

— Avant c'était une place.

Elle reste arrêtée. Elle répète :

— C'était une place, ils l'ont recouverte de ça.

Elle se détourne et elle le voit lui, l'autre,
lui aussi arrêté, et qui attend : elle dit tout
aussitôt :

— Il faut que je dorme.

Tout aussitôt elle repart. Le voyageur la
retient. Il dit :

— Je me souviens aussi.

Ils regardent : le bâtiment est fixe, il se
maintient dans sa forme, dans sa taille. Les
clous ont pénétré.

Le voyageur dit à son tour :

— C'était une place — il se
reprend — une surface, plate,
une place entourée de murs,
dans les murs il y avait une
porte.

Ils se regardent. Ils se voient.

— Ah peut-être — elle a
répondu dans un murmure.

Dans un mouvement très rapide, les yeux
se ferment, s'ouvrent, le regard revient à la
surface. Elle attend, elle ne le regarde plus,
elle regarde le sol, il ne continue pas. Elle
repart.

Elle marche vite tout à coup.

La mer. Elle la voit.

Le bâtiment une fois dépassé, la voici.

Elle était là, très proche. Le cœur de S. Thala donne sur la mer.

Le boulevard s'arrête : devant eux plus personne ne marche.

Il y a un chemin de planches. Ils le traversent. Voici la plage sans murs, la mer, les sables, les eaux de la mer.

A leur gauche, s'étale l'énorme masse du cœur de S. Thala. Sa façade principale domine la plage.

Elle tombe sur le sable, elle s'allonge, elle ne bouge plus.

Les sables de S. Thala.

Il s'est assis auprès d'elle. Il essuie la sueur de son front, lentement. Le geste lui fait se fermer les yeux. Elle lâche le sac qu'elle tenait encore. Elle dit :

— Il y a le bruit.

Il continue le geste sur le front.

— Dormez.

— Oui.

Elle retourne son visage contre le sable, elle écoute, elle dit :

— Ce soir, ça vient de là.

Elle montre l'intérieur de la plage, du sable. Il dit :

— J'entends moi aussi.
— Ah...

Elle demande tout bas :

— Ils sont morts?
— Non.
— Qu'est-ce qu'ils deviennent?
— Ils se reposent — il ajoute — ou rien.

Elle murmure :

— Ah oui... c'est vrai, c'est vrai...

Il s'allonge près d'elle, il s'appuie sur sa main libre, il la regarde. Il ne l'a jamais vue d'aussi près. Il ne l'a jamais vue dans une lumière aussi intense. Elle écoute toujours le bruit. Elle ferme les yeux, elle veut les fermer, ses paupières frémissent sous l'effort de le vouloir.

— Dites-moi de dormir.

Il le lui dit :

— Dormez.
— Oui — le ton est celui de l'espoir.

Elle touche le sable. Il dit :

— Nous sommes revenus sur la plage. Dormez.
— Oui.

Il cesse d'essuyer le front, il pose la main sur les yeux pour les abriter du soleil.

— Dormez.

Elle ne répond plus.
Il attend.
Elle ne bouge plus. Il enlève sa main. Dessous les yeux sont fermés. Les paupières tremblent légèrement sous le retour de la lumière mais les yeux ne s'ouvrent plus.
Elle dort.
Il prend du sable, il le verse sur son corps. Elle respire, le sable bouge, il s'écoule d'elle. Il en reprend, il recommence. Le sable

s'écoule encore. Il en reprend encore, le verse encore. Il s'arrête.

– Amour.

Les yeux s'ouvrent, ils regardent sans voir, sans reconnaître rien, puis ils se referment, ils retournent au noir.

Il n'est plus là. Elle est seule allongée sur le sable au soleil, pourrissante, chien mort de l'idée, sa main est restée enterrée près du sac blanc.

L'entrée du bâtiment est vide. On entend des rumeurs. Et plus loin, au bout d'un couloir, la musique des fêtes sanglantes, celle de l'hymne de S. Thala, lointaine, très lointaine.
Pénombre.
Après l'entrée, couloir très long.
Le voyageur avance dans le couloir, y pénètre. Du fond de ce couloir un homme arrive. Il est en uniforme.

— Vous cherchez quelque chose?

Ils sont face à face. Le voyageur le regarde.

— Je peux vous aider?

Ils sont tous les deux dans la pénombre. Le voyageur le regarde avec une attention extrême, anormale.

Enfin le voyageur parle :

— Il y a longtemps que vous êtes ici?
— Dix-sept ans — il attend — pourquoi?

Le voyageur détaille le visage : les yeux clairs déjà lassés, près des tempes les cheveux gris. L'homme regardé s'impatiente.

— Vous cherchez quelqu'un?
— il attend, le ton se fait plus bref — qu'est-ce que vous voulez?
— Je regarde.

Le voyageur ne bouge pas, ses yeux restent rivés à son visage. L'homme fait un signe d'impuissance. Le voyageur demande :

– Combien de temps vous avez dit?

– Dix-sept ans.

Le voyageur regarde le fond du couloir, la question arrive brutalement.

– La salle de bal, c'est par là?

– Il y en avait plusieurs – il ajoute – vous parlez de laquelle?

Le voyageur montre une porte au fond du couloir.

– De celle-ci.

L'homme dit :

– Il n'y a plus de bal.

L'homme doit voir la violence des yeux du voyageur. Il dit :

– Je peux vous la montrer si vous voulez.

– Merci.

– Suivez-moi.

L'homme précède le voyageur, il ouvre

une porte, il entre, la tient ouverte. Le
voyageur entre.

> – Voilà – il ajoute – vous
> avez des souvenirs je vois...

Il y a des glaces, elles sont ternies. Des
fauteuils sont rangés face aux glaces, le long
des murs clairs. Les socles de plantes vertes
sont vides.

Le voyageur avance au milieu de la piste.
Il s'arrête, regarde autour de lui : une estrade,
un piano fermé, des tapis roulés le long des
murs. Tout autour de la piste, des tables
nues.

Il entend :

> – On dansait là.

Il se retourne. L'homme sourit dans la
pénombre, il montre la piste, il demande :

> – Vous voulez que j'allume?
> – Non.

De la lumière, du soleil filtre à travers les
rideaux épais.

Le voyageur va vers la porte fermée. Il
soulève un rideau : à travers les volets cloués,
une terrasse, la plage, elle qui dort.

Le voyageur essaie d'ouvrir la porte. La porte résiste. Il s'acharne.

– C'est fermé à clef, vous voyez bien.

L'homme a crié, il arrive près du voyageur.

– Pourquoi insister, vous voyez bien que c'est fermé.

Le voyageur lâche la poignée de la porte, reste où il est.

– Je n'ai pas les clefs – le ton s'unifie de nouveau – on n'a pas le droit d'ouvrir.

Le voyageur soulève une nouvelle fois le rideau : la terrasse, la plage, elle.
Le voyageur se tourne vers l'homme et il demande :

– Vous la reconnaissez?

L'homme approche, regarde.

– Celle qui dort? – il la désigne – celle-là?
– Oui.

Il regarde avec une fausse attention.

— A cette distance — il attend
— je m'excuse — il est net — je ne
reconnais pas.

Le voyageur lâche le rideau qui retombe.
L'homme dit :

— Je regrette.

Le voyageur s'approche, il supplie :

— Reconnaissez-la.

L'homme attend, demande :

— Pourquoi?

Le voyageur ne répond pas. L'homme
demande :

— Quel est son nom?

Le voyageur répond :

— Je ne sais plus rien.

L'homme dit un nom.
Le voyageur écoute avec une très grande
intensité. L'homme demande :

— C'est ça?

Le voyageur ne répond pas. Il supplie de
nouveau :

— Voulez-vous répéter ce nom?

— Lequel?

— Celui que vous venez de dire — il s'arrête — je vous le demande.

L'homme s'éloigne un peu, il répète clairement, complètement, le nom qu'il vient d'inventer.

Le voyageur va vers la porte, avance les bras comme s'il voulait la traverser puis renonce, jette sa tête dans ses bras repliés. Des sanglots sortent de lui.

L'homme le regarde, laisse du temps passer, puis il va vers lui. La voix est calme :

— Vous devriez sortir, aller la retrouver.

Le voyageur se redresse, ses bras retombent.

L'homme attend encore que passe un moment, puis il prend le bras du voyageur et le conduit à la porte. Il dit :

— Il faut que vous vous en alliez maintenant, j'ai mon service à prendre.

Ils sortent. L'homme ferme à clef. La musique a repris au fond du couloir.

L'homme accompagne le voyageur jusqu'à l'entrée et le laisse.

Le voyageur traverse l'entrée, il sort.

Elle est toujours allongée, dans le soleil. Elle a les yeux ouverts. Elle regarde venir le voyageur. Son regard est doux comme sa voix.

> — Ah, vous êtes revenu.

Là-bas, au bord de la mer, l'autre de nouveau, il marche. Il n'y a que lui de vivant dans tout l'espace visible. Le voyageur dit :

> — Je me suis promené pendant que vous dormiez.
> — Ah — elle le fixe — j'ai cru que vous étiez reparti.

Elle désigne celui qui marche là-bas sur la plage vide, dans le soleil infernal.

> — Je serais repartie avec lui — elle reprend — ou la police m'aurait emmenée.

Il est assis près d'elle. Elle l'appelle tout à coup, elle touche son bras, elle veut qu'il la regarde.

> – Où étiez-vous? – elle reprend – vous vous êtes promené où?
> – Vous dormiez, j'ai voulu vous laisser dormir.
> – Non.

Il va, il vient, là-bas, de son pas régulier, dans l'attente indéchiffrable, dans les sables déserts. Il le regarde, ne regarde que lui. Elle dit :

> – Vous êtes allé pleurer. Vous êtes allé demander.

Le regard le traverse, aigu, sans répit. Lui, le voyageur, regarde toujours vers la marche tranquille.

> – Je cherchais la place entre les murs.

Elle est longue à répondre, à parler encore.

> – Vous l'avez trouvée? – la voix est basse.

> — Oui. On voit aussi la porte
> par laquelle nous sommes sortis
> — il ajoute — séparés.

Ils se taisent.

Longtemps ils observent l'événement, là-bas, au bord de la mer.

Le mouvement de la marche change : au lieu de revenir sur ses pas voici qu'il continue. Elle l'a vu. Elle le regarde s'éloigner. Le voyageur dit :

> — Il garde, il nous garde.
> — Non — elle ajoute — rien.

Il a obliqué vers le haut de la ville. Il disparaît derrière le bâtiment. Le voyageur demande dans la distraction :

> — Quoi? — il se reprend —
> Que fait-il?

Elle se tourne vers lui :

> — Je vous l'ai dit?
> — Il garde la mer? Il nous
> garde, il nous ramène?
> — Non.

La chaleur diminue, le soleil.

Elle ressent un mieux-être. Elle s'assied.

Des courants d'air arrivent, repartent. Derrière dans l'enchaînement continu le rongement reprend son cours. Le voyageur demande encore :

> — Il garde le mouvement des marées, les mouvements de la lumière.
> — Non.
> — Le mouvement des eaux. Le vent. Le sable.
> — Non.
> — Le sommeil?
> — Non — elle hésite — rien.
> Le voyageur se tait.

Elle se tourne vers lui. Elle dit :

> — Vous ne dites plus rien.

Elle se souvient :

> — C'est vrai — elle s'arrête, la voix redevient tendre — vous n'êtes rien.

Le ciel noircit. La mer basse s'alourdit encore, elle devient vase noire. Au loin les voici, les carnassières, les mouettes de la mer.

Elle suit, devant, une direction invisible.

— C'est le soir ?
— Je crois.

Elle dit tout à coup dans la certitude, la douceur :

> Je ne connais plus cette ville, S. Thala, je n'y suis jamais revenue.

Les paroles résonnent, s'éteignent.
Ils surveillent la plage.
La nuit, la voici.
Il ne reparaît pas. Le voyageur demande :

> — Il n'est pas reparti, il va revenir ?
> — Oui — elle ajoute — quelquefois il dépasse sa pensée mais il revient toujours. Cette nuit il reviendra.

La mer se recouvre de vent.
La nuit est venue lorsqu'il reparaît.
Il ne va pas vers eux, il remonte vers la ville de S. Thala, et cette fois il se perd dans son épaisseur. Elle dit, elle répète :

> — Cette nuit il reviendra — elle ajoute — Cette nuit il doit

mettre le feu au cœur de
S. Thala.

La plage. La nuit.

Le voyageur s'est allongé sur le sable. Elle
est allongée près de lui.

Ils se taisent. Ils attendent.

Le silence de S. Thala est sonore cette nuit,
il crie, il craque, ils l'écoutent, ils suivent ses
modulations les plus secrètes.

Elle dit :

            — On parle, là à côté.

Des voix dans les sables, près. Il dit :

            — Des amants.

Ils entendent les plaintes amoureuses, les
gémissements atroces du plaisir. Elle dit :

            — Je ne vois plus rien.

Au loin, la première fumée noire. Il dit :

            — Je vois.

La première fumée noire s'élève dans le
ciel clair de S. Thala.

Elle a un geste ouvert d'une tendresse désespérée, elle dit, elle murmure :

— S. Thala, mon S. Thala.

Elle se tourne vers lui, se cache le visage.

Il place sa tête dans le creux de son bras, contre son cœur.

Elle reste là.

Les premières sirènes traversent S. Thala.

Elle ne les entend pas.

Le feu grandit, il s'étend.

A travers la fumée noire jaillissent les premières flammes, le ciel rougit.

A toute volée, toutes les sirènes de S. Thala lancées.

Elle se relève. Elle le voit, lui, elle entend les sirènes, elle voit le ciel rouge, elle ne sait pas où elle se trouve. Il dit :

— Il faisait chaud dans la chambre, nous sommes descendus sur la plage.

Elle se souvient, elle referme les yeux :

— C'est vrai...

Elle retourne dans le creux de son bras, contre son cœur.

Quelqu'un sort de l'épaisseur du feu et traverse la plage.

Derrière lui, S. Thala brûle.

Il revient. Il vient.

Il est là.

Il s'assied à quelques mètres d'eux, il regarde le ciel, la mer.

Dans tout S. Thala, lâchées, les sirènes de l'épouvante.

Il regarde le ciel, la mer.

Puis celle qui dort dans les bras du voyageur.

On entend :

> — Elle dort.

Le voyageur se penche sur le visage endormi, il dit :

> — Ses yeux s'ouvrent, on dirait.

On entend :

> — Alors le jour vient.

La surface de la mer s'éclaire de rose. Au-dessus, le ciel se décolore.

On entend :

> – Le jour ouvre ses yeux,
> vous ne le saviez pas?
> – Non.

Le voyageur regarde : les yeux, en effet,
s'ouvrent de plus en plus, les paupières se
séparent, et dans un mouvement indiscernable tant il est lent, tout entier, le corps suit les
yeux, il se tourne, il se place dans la direction
de la lumière naissante.
Reste ainsi, face à la lumière
Le voyageur demande :

> – Elle voit?

On entend :

> – Rien, elle ne voit rien.

Dans la nuit de S. Thala, les sirènes tournent. La mer grandit, elle se décolore comme
le ciel.
On entend :

> – Elle va rester ainsi jusqu'à
> l'apparition de la lumière.

Ils se taisent. La lumière augmente de
façon indiscernable tant son mouvement est

lent. De même la séparation des sables et des eaux.

La lumière monte, ouvre, montre l'espace qui grandit.

L'incendie, à son tour, se décolore comme le ciel, la mer.

Le voyageur demande :

> — Qu'arrivera-t-il lorsque la lumière sera là?

On entend :

> — Pendant un instant elle sera aveuglée. Puis elle recommencera à me voir. A distinguer le sable de la mer, puis, la mer de la lumière, puis son corps de mon corps. Après elle séparera le froid de la nuit et elle me le donnera. Après seulement elle entendra le bruit vous savez?... de Dieu?... ce truc?...

Ils se taisent. Ils surveillent la progression de l'aurore extérieure.

OUVRAGES DE MARGUERITE DURAS

LES IMPUDENTS (1943, *roman*, Plon — 1992 Gallimard, Folio n° 2325).

LA VIE TRANQUILLE (1944, *roman*, Gallimard, Folio n° 1341).

UN BARRAGE CONTRE LE PACIFIQUE (1950, *roman*, Gallimard, Folio n° 882).

LE MARIN DE GIBRALTAR (1950, *roman*, Gallimard, Folio n° 943).

LES PETITS CHEVAUX DE TARQUINIA (1953, *roman*, Gallimard, Folio n° 187).

DES JOURNÉES ENTIÈRES DANS LES ARBRES *suivi de* LE BOA — MADAME DODIN — LES CHANTIERS (1954, *récits*, Gallimard, Folio n° 2993).

LE SQUARE (1955, *roman*, Gallimard, Folio n° 2136).

MODERATO CANTABILE (1958, *roman*, éditions de Minuit).

LES VIADUCS DE LA SEINE-ET-OISE (1959, *roman*, Gallimard).

DIX HEURES ET DEMIE DU SOIR EN ÉTÉ (1960, *roman*, Gallimard, Folio n° 1699).

HIROSHIMA MON AMOUR (1950, *scénario et dialogues*, Gallimard, Folio n° 9).

UNE AUSSI LONGUE ABSENCE (1961, *scénario et dialogues, en collaboration avec Gérard Jarlot*, Gallimard).

L'APRÈS-MIDI DE MONSIEUR ANDESMAS (1962, *récit*, Gallimard).

LE RAVISSEMENT DE LOL V. STEIN (1964, *roman*, Gallimard, Folio n° 810).

THÉÂTRE I : LES EAUX ET FORÊTS — LE SQUARE — LA MUSICA (1965, Gallimard).

LE VICE-CONSUL (1965, *roman*, Gallimard, L'Imaginaire n° 12).

LA MUSICA (1966, *film coréalisé par* Paul Seban, distr. Artistes associés).

L'AMANTE ANGLAISE (1967, *roman*, Gallimard, L'Imaginaire n° 168).

L'AMANTE ANGLAISE (1968, *théâtre*, Cahiers du théâtre national populaire).

THÉÂTRE II : SUZANNA ANDLER — DES JOURNÉES ENTIÈRES DANS LES ARBRES — YES, PEUT-ÊTRE — LE SHAGA — UN HOMME EST VENU ME VOIR (1968, Gallimard).

DÉTRUIRE, DIT-ELLE (1969, éditions de Minuit).

DÉTRUIRE, DIT-ELLE (1969, *film*, distr. Benoît Jacob).

ABAHN SABANA DAVID (1970, Gallimard, L'Imaginaire à paraître).

L'AMOUR (1971, *roman*, Gallimard, Folio n° 2418).

JAUNE LE SOLEIL (1971, *film*, distr. Benoît Jacob).

NATHALIE GRANGER (1972, *film*, distr. Films Moullet et Compagnie).

NATHALIE GRANGER suivi de LA FEMME DU GANGE (1973, Gallimard).

INDIA SONG (1973, *texte, théâtre, film,* Gallimard, L'Imaginaire n° 263).

LA FEMME DU GANGE (1973, *film*, distr. Benoît Jacob).

LES PARLEUSES (1974, *entretiens avec* Xavière Gauthier, éditions de Minuit).

INDIA SONG (1975, *film*, distr. Films Sunshine Productions).

BAXTER, VERA BAXTER (1976, *film*, distr. Sunshine Productions).

SON NOM DE VENISE DANS CALCUTTA DÉSERT (1976, *film*, distr. D.D. productions).

DES JOURNÉES ENTIÈRES DANS LES ARBRES (1976, *film*, distr. Benoît-Jacob, Folio nº 2993).

LE CAMION (1977, *film*, distr. D.D. Prod).

LE CAMION suivi de ENTRETIEN AVEC MICHELLE PORTE (1977, *en collaboration avec* Michelle Porte, éditions de Minuit).

L'ÉDEN CINÉMA (1977, *théâtre*, Mercure de France, Folio nº 2051, 1999, Gallimard Théâtre IV).

LE NAVIRE NIGHT suivi de CÉSARÉE, LES MAINS NÉGATIVES, AURÉLIA STEINER, AURÉLIA STEINER, AURÉLIA STEINER (1979, Mercure de France, Folio nº 2993).

LE NAVIRE NIGHT (1979, *film*, distr. Films du Losange).

CÉSARÉE (1979, *film*, distr. Benoît Jacob).

LES MAINS NÉGATIVES (1979, *film*, distr. Benoît Jacob).

AURÉLIA STEINER dit AURÉLIA MELBOURNE (1979, *film*, distr. Benoît Jacob).

AURÉLIA STEINER dit AURÉLIA VANCOUVER (1979, *film*, distr. Benoît Jacob).

VÉRA BAXTER OU LES PLAGES DE L'ATLANTIQUE (1980, éditions Albatros. Jean Mascolo et éditions Gallimard, 1999, Théâtre IV).

L'ÉTÉ 80 (1980, *récit*, éditions de Minuit).

L'HOMME ASSIS DANS LE COULOIR (1980, *récit*, éditions de Minuit).

LES YEUX VERTS (1980, Cahiers du Cinéma).

AGATHA (1981, éditions de Minuit).

AGATHA ET LES LECTURES ILLIMITÉES (1981, *film*, distr. Benoît Jacob).

OUTSIDE (1981, Albin Michel, rééd. P.O.L 1984, Folio n° 2755).

LA JEUNE FILLE ET L'ENFANT (1981, *cassette*, Des Femmes éd. Adaptation de l'ÉTÉ 80 par Yann Andréa, lue par Marguerite Duras).

DIALOGUE DE ROME (1982, *film*, prod. Coop. Longa Gittata, Rome).

L'HOMME ATLANTIQUE (1981, *film*, distr. Benoît Jacob).

L'HOMME ATLANTIQUE (1982, *récit*, éditions de Minuit).

SAVANNAH BAY (1re éd., 2e éd. augmentée, 1983, éditions de Minuit).

LA MALADIE DE LA MORT (1982, *récit*, éditions de Minuit).

THÉÂTRE III : LA BÊTE DANS LA JUNGLE, d'après Henry James, adaptation de James Lord et Marguerite Duras — LES PAPIERS D'ASPERN, d'après Henry James, adaptation de Marguerite Duras et Robert Antelme — LA DANSE DE MORT, d'après August Strindberg, adaptation de Marguerite Duras (1984, Gallimard).

L'AMANT (1984, éditions de Minuit).

LA DOULEUR (1985, P.O.L, Folio n° 2469).

LA MUSICA DEUXIÈME (1985, Gallimard).

LA MOUETTE DE TCHÉKHOV (1985, Gallimard, 1999, Gallimard, Théâtre IV).

LES ENFANTS, avec Jean Mascolo et Jean-Marc Turine (1985, *film*, distr. Benoît Jacob).

LES YEUX BLEUS, LES CHEVEUX NOIRS (1986, roman, éditions de Minuit).

LA PUTE DE LA CÔTE NORMANDE (1986, éditions de Minuit).

LA VIE MATÉRIELLE (1987, P.O.L, 1994, Gallimard, Folio n° 2623).

EMILY L. (1987, *roman*, éditions de Minuit).

LA PLUIE D'ÉTÉ (1990, P.O.L, 1994, Gallimard, Folio n° 2568).

L'AMANT DE LA CHINE DU NORD (1991, Gallimard, Folio n° 2509).

LE THÉÂTRE DE L'AMANTE ANGLAISE (1991, Gallimard ; 1999, Gallimard Théâtre IV ; L'Imaginaire n° 265).

YANN ANDRÉA STEINER (1992, P.O.L).

ÉCRIRE (1993, Gallimard, Folio n° 2754).

LE MONDE EXTÉRIEUR (1993, P.O.L).

C'EST TOUT (1995, P.O.L).

LA MER ÉCRITE, photographies de Hélène Bamberger (1996, Marval).

THÉÂTRE IV : VÉRA BAXTER — L'ÉDEN CINÉMA — LE THÉÂTRE DE L'AMANTE ANGLAISE — Adaptations de HOME — LA MOUETTE (1999, Gallimard).

Œuvres réunies

ROMANS, CINÉMA, THÉÂTRE, UN PARCOURS 1943-1994 (1997, Gallimard, Quarto).

Adaptations

LA BÊTE DANS LA JUNGLE, d'après une nouvelle de Henry James. Adaptation de James Lord et de Marguerite Duras (1984, Gallimard, Théâtre III).

LA DANSE DE MORT, d'August Strindberg. Adaptation de Marguerite Duras (1984, Gallimard, Théâtre III).

MIRACLE EN ALABAMA de William Gibson. Adaptation de Marguerite Duras et Gérard Jarlot (1963, L'Avant-Scène).

LES PAPIERS D'ASPERN de Michael Redgrave d'après une nouvelle de Henry James. Adaptation de Marguerite Duras et Robert Antelme (1970, ed. Paris-Théâtre, 1984, Gallimard, Théâtre III).

HOME de David Storey. Adaptation de Marguerite Duras (1999, Gallimard, Théâtre IV).

LA MOUETTE d'Anton Tchekhov (1985, Gallimard; 1999, Gallimard, Théâtre IV).

OUVRAGES SUR MARGUERITE DURAS
PARUS AUX ÉDITIONS GALLIMARD

Laure Adler, MARGUERITE DURAS (Gallimard, 1998).

M.-P. Fernandes, TRAVAILLER AVEC DURAS (Gallimard, 1986).

M. Th. Ligot, UN BARRAGE CONTRE LE PACIFIQUE (Foliothèque n° 18).

M. Borgomano, LE RAVISSEMENT DE LOL V. STEIN (Foliothèque n° 60).

J. Kristeva, *« La maladie de la douleur : Duras »* in SOLEIL NOIR : DÉPRESSION ET MÉLANCOLIE (Folio Essais n° 123).

COLLECTION FOLIO

Dernières parutions

3854	Philippe Labro	*Je connais gens de toutes sortes.*
3855	Jean-Marie Laclavetine	*Le pouvoir des fleurs.*
3856	Adrian C. Louis	*Indiens de tout poil et autres créatures.*
3857	Henri Pourrat	*Le Trésor des contes.*
3858	Lao She	*L'enfant du Nouvel An.*
3859	Montesquieu	*Lettres Persanes.*
3860	André Beucler	*Gueule d'Amour.*
3861	Pierre Bordage	*L'Évangile du Serpent.*
3862	Edgar Allan Poe	*Aventure sans pareille d'un certain Hans Pfaal.*
3863	Georges Simenon	*L'énigme de la Marie-Galante.*
3864	Collectif	*Il pleut des étoiles...*
3865	Martin Amis	*L'état de L'Angleterre.*
3866	Larry Brown	*92 jours.*
3867	Shûsaku Endô	*Le dernier souper.*
3868	Cesare Pavese	*Terre d'exil.*
3869	Bernhard Schlink	*La circoncision.*
3870	Voltaire	*Traité sur la Tolérance.*
3871	Isaac B. Singer	*La destruction de Kreshev.*
3872	L'Arioste	*Roland furieux I.*
3873	L'Arioste	*Roland furieux II.*
3874	Tonino Benacquista	*Quelqu'un d'autre.*
3875	Joseph Connolly	*Drôle de bazar.*
3876	William Faulkner	*Le docteur Martino.*
3877	Luc Lang	*Les Indiens.*
3878	Ian McEwan	*Un bonheur de rencontre.*
3879	Pier Paolo Pasolini	*Actes impurs.*
3880	Patrice Robin	*Les muscles.*
3881	José Miguel Roig	*Souviens-toi, Schopenhauer.*
3882	José Sarney	*Saraminda.*
3883	Gilbert Sinoué	*À mon fils à l'aube du troisième millénaire.*

3884 Hitonari Tsuji   *La lumière du détroit.*
3885 Maupassant   *Le Père Milon.*
3886 Alexandre Jardin   *Mademoiselle Liberté.*
3887 Daniel Prévost   *Coco belles-nattes.*
3888 François Bott   *Radiguet. L'enfant avec une canne.*

3889 Voltaire   *Candide ou l'Optimisme.*
3890 Robert L. Stevenson   *L'Étrange Cas du docteur Jekyll et de M. Hyde.*

3891 Daniel Boulanger   *Talbard.*
3892 Carlos Fuentes   *Les années avec Laura Díaz.*
3894 André Dhôtel   *Idylles.*
3895 André Dhôtel   *L'azur.*
3896 Ponfilly   *Scoops.*
3897 Tchinguiz Aïtmatov   *Djamilia.*
3898 Julian Barnes   *Dix ans après.*
3899 Michel Braudeau   *L'interprétation des singes.*
3900 Catherine Cusset   *À vous.*
3901 Benoît Duteurtre   *Le voyage en France.*
3902 Annie Ernaux   *L'occupation.*
3903 Romain Gary   *Pour Sgnanarelle.*
3904 Jack Kerouac   *Vraie blonde, et autres.*
3905 Richard Millet   *La voix d'alto.*
3906 Jean-Christophe Rufin   *Rouge Brésil.*
3907 Lian Hearn   *Le silence du rossignol.*
3908 Kaplan   *Intelligence.*
3909 Ahmed Abodehman   *La ceinture.*
3910 Jules Barbey d'Aurevilly   *Les diaboliques.*
3911 George Sand   *Lélia.*
3912 Amélie de Bourbon Parme   *Le sacre de Louis XVII.*
3913 Erri de Luca   *Montedidio.*
3914 Chloé Delaume   *Le cri du sablier.*
3915 Chloé Delaume   *Les mouflettes d'Atropos.*
3916 Michel Déon   *Taisez-vous... J'entends venir un ange.*

3917 Pierre Guyotat   *Vivre.*
3918 Paula Jacques   *Gilda Stambouli souffre et se plaint.*

3919 Jacques Rivière   *Une amitié d'autrefois.*
3920 Patrick McGrath   *Martha Peake.*

3921	Ludmila Oulitskaia	*Un si bel amour.*
3922	J.-B. Pontalis	*En marge des jours.*
3923	Denis Tillinac	*En désespoir de causes.*
3924	Jerome Charyn	*Rue du Petit-Ange.*
3925	Stendhal	*La Chartreuse de Parme.*
3926	Raymond Chandler	*Un mordu.*
3927	Collectif	*Des mots à la bouche.*
3928	Carlos Fuentes	*Apollon et les putains.*
3929	Henry Miller	*Plongée dans la vie nocturne.*
3930	Vladimir Nabokov	*La Vénitienne* précédé d'*Un coup d'aile.*
3931	Ryûnosuke Akutagawa	*Rashômon* et autres contes.
3932	Jean-Paul Sartre	*L'enfance d'un chef.*
3933	Sénèque	*De la constance du sage.*
3934	Robert Louis Stevenson	*Le club du suicide.*
3935	Edith Wharton	*Les lettres.*
3936	Joe Haldeman	*Les deux morts de John Speidel.*
3937	Roger Martin du Gard	*Les Thibault I.*
3938	Roger Martin du Gard	*Les Thibault II.*
3939	François Armanet	*La bande du drugstore.*
3940	Roger Martin du Gard	*Les Thibault III.*
3941	Pierre Assouline	*Le fleuve Combelle.*
3942	Patrick Chamoiseau	*Biblique des derniers gestes.*
3943	Tracy Chevalier	*Le récital des anges.*
3944	Jeanne Cressanges	*Les ailes d'Isis.*
3945	Alain Finkielkraut	*L'imparfait du présent.*
3946	Alona Kimhi	*Suzanne la pleureuse.*
3947	Dominique Rolin	*Le futur immédiat.*
3948	Philip Roth	*J'ai épousé un communiste.*
3949	Juan Rulfo	*Llano en flammes.*
3950	Martin Winckler	*Légendes.*
3951	Fédor Dostoievski	*Humiliés et offensés.*
3952	Alexandre Dumas	*Le Capitaine Pamphile.*
3953	André Dhôtel	*La tribu Bécaille.*
3954	André Dhôtel	*L'honorable Monsieur Jacques.*
3955	Diane de Margerie	*Dans la spirale.*
3956	Serge Doubrovski	*Le livre brisé.*
3957	La Bible	*Genèse.*
3958	La Bible	*Exode.*
3959	La Bible	*Lévitique-Nombres.*
3960	La Bible	*Samuel.*

Impression Bussière Camedan Imprimeries
à Saint-Amand (Cher),
le 5 mars 2004.
Dépôt légal : mars 2004.
1ᵉʳ dépôt légal dans la collection : septembre 1992.
Numéro d'imprimeur : 040940/1.
ISBN 2-07-038553-1./Imprimé en France.